SALZWECK 2.0

DAS BUCH

Heiteres und Tragisches. Anzügliches und Peinliches.
Süffisant und provokant. Ein bisschen frivol und
manchmal sehr direkt.
31 Kurzgeschichten aus der Schwulenwelt über Liebe,
Hoffnung und Sehnsüchte.

DER AUTOR

 Gerd Kaucher, geboren 1962, ist
gelernter Bäcker.
Am 1. April 1980 übernahm er den
elterlichen Bäckereibetrieb, den er
auf 10 Filialen mit 75 Mitarbeitern
erweiterte. Währenddessen legte er
die Prüfungen zum Bäckermeister
und Konditormeister ab.
Nach exakt 20 Jahren, am 1. April 2000, verpachtete er
den Betrieb und wechselte in den Außendienst, um
Backmittel und Hefe zu verkaufen. Nach weiteren
vier Jahren wagte er den Schritt in die Selbstständig-
keit als Immobilienmakler.
Im April 2024 heiratete er nach 30 Jahren »wilder Ehe«
seinen Partner.
Im selben Jahr beschloss er, einen Teil seiner vielen
Geschichten, die er im Lauf der Zeit geschrieben hat,
zu veröffentlichen.

Gerd Kaucher

SALZWECK 2.0

Mit und ohne Salz –
schwule und coole Geschichten

2024

Bibliografische Information der Deutschen Nationalbibliothek:
Die Deutsche Nationalbibliothek verzeichnet diese Publikation in
der Deutschen Nationalbibliografie; detaillierte bibliografische
Daten sind im Internet über http://dnb.dnb.de abrufbar.

© 2024 Gerd Kaucher, Keplerstr. 47, 75203 Königsbach-Stein
Portraitfoto: © Gerd Kaucher
Umschlaggestaltung: Ralph Kasbauer
Umschlagfotografien (Salzweck und Schild): Peter Seiter
Titelbild (Schmetterling): wirestock/freepik.com
Lektorat und Satz: text*REIN*, Königsbach-Stein, www.textrein.de

Verlag: BoD · Books on Demand GmbH, In de Tarpen 42, 22848 Norderstedt
Druck: Libri Plureos GmbH, Friedensallee 273, 22763 Hamburg

ISBN 978-3-7693-1046-7

Inhalt

Vorwort

Warum »Salzweck«?

In früheren Zeiten wurde in meinem Wohnort Stein das Brot von den Hausfrauen entweder im eigenen Backofen gebacken oder im gemauerten Backofen des Backhäusles.

Dabei blieb meistens ein kleines Stück Teig übrig, von dem sie noch einige Salzwecke formten und mitbackten. Diese waren als Vesper gedacht, wurden aber auf dem langen Fußmarsch zur Arbeit nach Pforzheim schon verspeist. Denn sie schmeckten besonders gut.

Wenn dann Vesperzeit angesagt war oder Mittagspause, hatten die *Schtoinemer* nichts mehr vorrätig, denn sie hatten ihre frischen Salzwecke bereits aufgegessen.

Den mitmarschierenden Arbeitskollegen aus den benachbarten Ortschaften fiel es auf, dass die *Schtoinemer* immer Salzwecke aßen, und so kam es zu dem Spitznamen »Salzweck« für die Steiner Einwohner.

Folglich ließ ich an meinem Haus oberhalb der Bäckerei in der Bauschlotter Straße 1 einen großen Salzweck aufs Haus malen. Wenn durch Stein ein Umzug stattfand, hatte jeder Wagen vorne einen großen Salzweck mit 40 cm Durchmesser hängen. Diese hatte mein Vater gespendet.

Sogar manche Wandergruppen hatten einen Salzweck um den Hals hängen, wie eine Halskette.

Mein Spitzname in Stein war als Bäckerssohn »Salzweck«.

Und ganz böse Zungen sagten auch »warmer Salzweck« – hinter meinem Rücken.

Und nun wünsche ich den Lesern meines Buches viel Vergnügen mit meinen »warmen« Geschichten, die frei erfunden sind. Aber ein Stückchen Wahrheit ist immer dabei.

Tante Emma

Die Eltern meines Freunds Frank besaßen einen Tante-Emma-Laden, einen sogenannten Kolonialwarenladen. Früher auch Krämerladen genannt. Dort wurden Artikel für den täglichen Bedarf verkauft.

Als sie 1950 mit ihrem Geschäft anfingen, gehörte eine halbrunde handgeschreinerte Ladentheke aus hellem Holz zum Inventar. Ein absoluter Hingucker mit Glasaufsatz, worin die Lebensmittel noch offen angeboten wurden. Zum Beispiel Mehl und Zucker, Gurken und Sauerkraut. Man kam mit dem Tupperschüsselchen oder einem anderen Behälter und holte sich so viel, wie man für sich benötigte. Wenn eine alte Dame 200 Gramm Sauerkraut für sich haben wollte, dann musste sie folglich keine 500-Gramm-Dose kaufen, so wie heute.

Besonders im ländlichen Raum war der Tante-Emma-Laden, also der Dorfladen, ein Nahversorger. Denn damals gab es noch keine Discounter beziehungsweise Supermärkte – zumindest nicht bei uns im Ort.

Im Laden von Franks Eltern gab es alles Mögliche: Textilien, Lebensmittel, Haushaltswaren, Kurzwaren, Schreibwaren, Backwaren, Molkereiprodukte, Toilettenartikel und sogar Mieder für die Damen bis hin zur Kette, um eine Kuh anzubinden. Aber auch Getränke, frisches Obst und Gemüse. Und das in einem einzigen Laden.

Dort stand natürlich auch ein Brotregal mit frischem Brot. Es wurden zwei Sorten angeboten, ein helles und ein dunkles, bis irgendwann das Toastbrot dazukam. Aber dreitausend Sorten Brot wie heutzutage hatte man nicht. Das brauchte man damals nicht, und das bräuchte man heute eigentlich auch nicht.

Kunden waren zum großen Teil auch die Leute, die mit dem Auto auf dem Weg zur Arbeit waren. Sie hielten vor dem Laden und holten eine *Bild*-Zeitung, ein frisches Brötchen und Zigaretten, dann fuhren sie weiter nach Pforzheim.

Einmal pro Woche kam ein Vertreter und nahm die Bestellung auf für Obst, Gemüse und Molkereiprodukte.

Hinten war die kleine Backstube und vorne der Laden, zirka 100 Quadratmeter groß. Und dort hatten auch noch viele Regale Platz gefunden, die gefüllt waren mit Süßigkeiten wie Schokobananen, Marshmallow-Mäusen, Lakritz-Schnecken, sauren Pommes oder Knisterbrause, Brausestäbchen und vielem mehr.

Um das Angebot zu vervollständigen, gab es natürlich auch noch eine große Gefriertruhe mit Eis von *Langnese* und *Schöller* wie »Dolomiti«, »Bum Bum« oder »Ed von Schleck«.

Franks Mutter stand täglich im Laden von frühmorgens bis spätabends. Außerdem strickte oder häkelte sie bis in die Nacht hinein. Einmal drehte ihr Ehemann die Sicherung heraus, damit sie endlich ins Bett ging.

An den Laden grenzte eine kleine Küche, und dort kochte die gute Frau – als hätte sie nicht so schon viel zu tun – auch noch zu Mittag. Dabei lief das Radio ständig.

Eines Tages wurde ein Wiener Walzer gespielt, da machte sie spontan einen Diener und sagte zu ihrem damals achtjährigen Sohn: »So, kleiner Mann, nun tanzen wir einen Walzer.«

Sie nahm Frank auf den Arm und schwang sich mit ihm im Dreivierteltakt durch die Küche.

Später, als wir knapp fünfzehn Jahre alt waren, wollte eine Kundin von ihr wissen: »Hat Ihr Sohn schon eine Freundin?«

Da entgegnete sie energisch: »Nein, und wegen mir braucht er auch keine Freundin mit nach Hause bringen.«

Und zu Frank sagte sie: »Was wäre ich für eine Mutter, wenn ich dich nicht so lieben würde, wie du bist.«

Noch viele Jahre bestand dieses unausgesprochene Geheimnis zwischen ihnen. Die ganze Zeit über hatte sie sich nicht getraut, mit Frank darüber zu reden, und Frank hatte auch nicht gewagt, dieses Thema anzusprechen. Aus Angst, dieses Thema könnte unangenehme Folgen nach sich ziehen.

Sie hatte aber den Mut gefunden, ihren Freundinnen zu sagen: »Mein Sohn ist schwul, und ich akzeptiere ihn genau so, wie er ist.«

Eine Kundin ließ einmal verlauten, ihr Sohn habe noch keine Freundin, hoffentlich bringe er keinen

Mann mit nach Hause. Da hättet ihr einmal Franks Mutter erleben sollen. Dass sie die Kundin nicht rausgeworfen hat, wundert mich heute noch.

Rückblickend gesehen war es eine schöne Zeit.

Man hatte eine persönliche Beziehung zu der Verkäuferin, die – wie in diesem Fall – auch die Ladeninhaberin war, das bedeutete eine gute Kundenbindung.

Angeboten wurden außerdem das Ausliefern, Vorbestellen und Reservieren von Backwaren, ebenso das Herrichten von Geschenkkörben. Sogar Aufschnittplatten oder halbe Hähnchen wurden auf Bestellung zubereitet. Es kam auch vor, dass ein Kunde nach Ladenschluss an der Wohnungstür klingelte, wenn er etwas vergessen hatte.

Zum Beispiel Sam, wenn er noch ein Bier wollte. Oder Schalkenbergs Annale wollte das Brühstück für den Brotteig vorbereiten und hatte die Hefe vergessen.

Manchmal durften Kunden ihre Käufe »anschreiben« lassen und beglichen ihre Schulden erst später.

Mit dem Siegeszug eines Discounters war der Niedergang vom Tante-Emma-Laden jedoch besiegelt.

Und somit finden auch amüsante, aber wahre Zwistigkeiten, wie nachfolgend geschildert, heute wohl nicht mehr statt.

Eine Frau hatte einen höheren Geldbetrag anschreiben lassen und wollte nicht bezahlen. Kurzentschlossen fuhr Frank mit seiner Mutter, oder besser gesagt, die Mutter mit Frank, am Haus der Kundin vorbei, und sie sahen das Hoftor offenstehen.

Franks Mutter bremste hart, sprang aus dem Auto, rannte zur Haustür und klingelte.

Oben schaute die Frau heraus und rief: »Was du wolle?«

Franks Mutter rief hinauf: »Sie haben noch Schulden bei mir! 23 Mark und 50 Pfennig.«

Die Frau rief zurück: »Du warten.«

Dann ging das Fenster zu. Fünf Minuten später wurde es aufgerissen und die Frau schmiss dreiundzwanzig Mark fünfzig in Zehnerle, Fünferle und Fünfzigerle auf die Hauptverkehrsstraße herunter.

Doch dort strömten gerade schwarz gekleidete Leute in Scharen herbei. Sie waren auf dem Weg zur Friedhofsmesse wegen der Beerdigung von Herbert Schmidt.

Frank und seine Mutter warteten nicht, bis die Leute vorbei waren, sondern rannten in die Menge hinein und klaubten eiligst das Kleingeld auf. Nicht, dass die Leute es aufsammelten und als Opfergeld verwenden wollten. Es war anstrengend, aber egal, sie hatten die Kohle.

Später, im Auto, sangen sie das Lied: »So sehen Sieger aus …«

Als Frank zirka zehn Jahre alt war, erschien einmal

eine sehr alte Frau im Laden. Sie wirkte ziemlich unheimlich, denn ihre düstere Kleidung und die Kopfbedeckung hätten aus einem mittelalterlichen Märchen stammen können. Tief gebückt stützte sie sich auf einen hölzernen Stock und wandte ihr faltenübersätes Gesicht Frank und seiner Mutter zu.

Doch bevor die Alte ihren Kaufwunsch mitteilen konnte, schrie Frank los: »Eine Hexe, eine Hexe!«

Geschockt rannte er hinaus ins Freie, versteckte sich hinter einem Strauch und konnte erst viel später von seiner Mutter überredet werden, wieder zurückzukommen.

Als Frank etwas älter war, durfte er mitverkaufen.

Täglich kam eine Frau, die sich eine Flasche Keller-Geister holte. Frank dachte, dass sie diesen Perlwein halt gerne trinken würde.

Aber dann hörte er, wie sie seiner Mutter erzählte, sie gäbe den perligen Wein immer ins Sauerkraut, damit es besser schmecke.

Als sie am 10. Tag schon wieder einen Keller-Geister kaufte, fragte Frank: »Gibt es denn jeden Tag bei Ihnen Sauerkraut? Können Sie nichts anderes kochen?«

Bruni, Franks Mutter, stand wie immer hinter der Ladentheke und führte einmal ein Gespräch mit der Frau des damaligen Pfarrers.

Neben Bruni ragte eine stützende Holzsäule bis zur Decke empor. Die beiden Frauen redeten miteinander und waren völlig in das Gespräch vertieft.

Plötzlich kletterte eine Maus die raue Säule hoch, zaghaft und langsam, als ob sie vermeiden wollte, dass jemand sie sieht.

Bruni bemerkte sie dennoch, nahm geistesgegenwärtig ein Brotmesser zur Hand und schlug auf die Maus ein. Diese stürzte ab, und Bruni stellte den Fuß auf den Hals der Maus. Oder stand sie auf der ganzen Maus?

Auf jeden Fall wurde das Gespräch nicht eine Sekunde unterbrochen. Die Maus lag da, völlig benommen, wahrscheinlich hatte sie eine Gehirnerschütterung und es schien, als sei sie kurz vorm Kotzen. Sie öffnete ihre Schnauze, bekam wohl keine Luft mehr, und im nächsten Moment ward sie weg im Mause-Himmel.

Die Frau Pfarrer hatte von dem Drama nichts mitbekommen. Auch sie rang nach Atem, doch der fehlte ihr vom vielen Reden.

Und schließlich gab es noch eine Frau, die hieß Lina. Sie hatte die Gewohnheit, jeden Tag dreimal im Laden aufzutauchen.

Irgendwann sagte Bruni: »Ich glaube, die klaut.«

Alle sagten: »Du spinnst ja, was soll die klauen?«

Dennoch wurden zwei Spiegel gekauft, hinter denen man stehen und beobachten konnte. Man nennt diese Einwegspiegel oder Spionspiegel. Der Vater von Frank stand hinter dem einen Spiegel, und Petra, die Schwester, hinter dem anderen Spiegel. Dann beobachteten sie Lina.

Diese redete über das mitten im Laden stehende,

halbhohe Gondelregal hinweg mit Bruni und ließ gleichzeitig eine Haarspray-Dose in ihre Einkaufstüte verschwinden.

Als sie bezahlt hatte und zur Ladentür wollte, sagte Bruni zu ihr:»Du, Lina, zeige mir mal deine Tasche.«

Und tatsächlich, es befanden sich drei Sachen darin, die nicht bezahlt waren.

Lina tat das Ganze ab, als wenn es ein Versehen gewesen wäre. Aber ab diesen Tag bekam sie Ladenverbot.

Eine andere Geschichte, die mir Franks Mutter über eine Kundin, wir nennen sie Anna, erzählte, als wir in einer gemütlichen Runde in ihrer Küche saßen:

Anna sagte an einem wunderschönen Sommertag zu ihrem Mann, sie gehe diesen Abend ins Kino nach Pforzheim.

Ihr Mann hatte sich viel Arbeit aufgebürdet, er pflasterte den Hof neu. Deshalb schenkte er dem Wunsch seiner Gattin leider wenig Beachtung.

Anna zog sich schön an und lief zur Bushaltestelle auf dem Marktplatz. Dort stieg sie aber nicht in den Bus, sondern in den VW-Käfer eines feurigen Italieners.

Als sie spät in der Nacht nach Hause kam, sagte ihr Mann zu ihr:»Wenn ich nicht genauestens gewusst hätte, dass du im Kino bist, hätte ich gesagt, du lachst auf dem Eiselberg.«

Anna schwieg wohlweislich zu seinen Worten.

Jörg betrat nach der Schule grinsend den Laden. Er trat vor die Theke und zeigte auf die Wand dahinter. Vom Boden bis zur Decke standen Dosen mit verschiedenen Fruchtgummis. Er verlangte eine volle gemischte Tüte für 10 Pfennig und strahlte von einem Ohr zum anderen.

10 Pfennig, was bekam man früher noch alles für 10 Pfennig. Wären das heute 10 Cent?

Jörg legte das Geld auf die Theke und sah mit Vorfreude, wie die Tüte sich füllte. Immer mehr und mehr wurde da reingeschaufelt. Dabei stieg der süße Duft von Fröschen und Colafläschchen und Erdbeeren und Tieren aller Form in seine Nase.

Nach ein paar Minuten war Bruni fertig. Sie faltete die Tüte zu und sagte: »So, mein junger Herr, war das alles oder wünschst du noch etwas?«

Nachts träumte Jörg, er säße auf einem Bagger und schaufelte und schaufelte Frösche und Colafläschchen und Erdbeeren und Tiere in seinen Mund, und er kaute und kaute. Als er am Morgen aufwachte, war die ganze Bettdecke voller Spucke, oder war es etwas anderes?

Früher hatte man eine Alu-Kanne mit Deckel und Holzgriff, um Milch zu holen.

Michael holte abends immer einen Liter Milch. Auf dem Nachhauseweg schlenkerte er oftmals gerne die Kanne und war froh darüber, dass der Deckel so dicht saß, damit die Milch nicht auslief.

Eines Abends schlenkerte er jedoch so heftig, bis

der Griff krachte und die Milchkanne im hohen Bogen durch die Luft flog. Da lag nun die Kanne, und die ganze Milch verteilte sich auf dem Asphalt.

Heulend rannte Michael nach Hause und behauptete, eine blöde Kuh wollte ihn umrennen.

Wobei seine Mutter, die diese Geschichte der Bruni erzählte, nicht wusste, was Michael damit meinte. Die entlaufene Kuh eines Bauern oder …?

Die Tante-Emma-Läden waren natürlich auch sehr beliebt bei Schülern. Obwohl das Verlassen des Schulhofes strengstens verboten war, reizte es doch immer wieder. No risk, no fun. Erst links und rechts gucken, damit einen ja niemand sieht, dann schnell über die Straße, ein paar Süßigkeiten gekauft und zurück auf den Schulhof.

Doch wenn man auf dem Rückweg vom Klassenlehrer erwischt wurde, war das nicht lustig.

Einmal hatte Bruni auch Feuerwerkskörper verkauft. Und Klaus Herrmann, damals etwa 17 Jahre alt, feuerte einen sogenannten Katzenkopf unter den Rathaus-Arkaden ab.

Dieser relativ kleine Knallkörper krachte ganz schön laut.

Zwei Beamte des örtlichen Polizeipostens kamen herausgerannt und dachten wohl an ein Attentat oder einen Terroristen. Dabei war es nur Klaus.

Diesen fragten sie, wo er denn den Katzenkopf gekauft hätte.

»Bei Bruni«, sagte Klaus.

Am Tag darauf kamen die Polizisten in den Laden und beschuldigten Bruni, einen Katzenkopf an einen Minderjährigen verkauft zu haben.

Sie musste 800 DM Strafe zahlen. Danach hat Bruni nie mehr Feuerwerkskörper verkauft.

Tante-Emma-Läden – man genierte sich in späteren Jahren, dort noch einzukaufen. Vor allem, wenn die Verkäuferin die unangenehme Frage stellte, wo man denn in den letzten Tagen geblieben war? Also wurden die Kinder geschickt, um die Kleinigkeiten zu besorgen. Die Großeinkäufe fanden im Wertkauf oder in anderen Einkaufszentren statt, die zunehmend aus dem Boden schossen.

So sehr »Tante Emma« ein Thema war, für uns Kinder wurden damals die Supermärkte eine neue große fantastische Welt. Ja, wir waren denen total ausgeliefert.

Und sind es wohl auch heute noch. Nur dass vieles noch einfacher und schneller durch den Internethandel funktioniert. Wir sitzen vor unseren Computern und Handys und merken nicht, wie wir mit unserem Einkaufsverhalten diese einzigartigen kleinen Läden zum Sterben verurteilen.

Und wenn nun alle kleinen Geschäfte verschwunden sind, ersetzt durch die großen Supermarktketten, und man möchte vielleicht doch wieder einmal richtig einkaufen gehen, kann es passieren, dass von den vielen Kassen nur eine besetzt ist. Dann ist man erstaunt über die bis zu zwanzig Meter lange Schlange, die sich gebildet hat.

Aber die Freude darüber, dass noch so viele Menschen die Läden aufsuchen, wird niedergeschlagen durch die Meldung:

»Wir haben kein Personal, um eine zweite Kasse zu eröffnen. Sie müssen sich schon gedulden!«

Auf der Mess Pforzheim

Alex war 18 Jahre alt und schlenderte mit seiner Freundin Jutta über die Pforzheimer Messe. Er hatte sie im Arm und schaute dennoch jedem Typen nach. Ab diesem Moment wusste er, dass er schwul war und sich nichts vorzumachen brauchte. Alles andere waren Allüren.

Wenige Tage später ging er alleine über die Pforzheimer Messe. Es war herrlich, so ungezwungen dem Kettenkarussell, den Boxautos und der Achterbahn zuschauen zu können und dabei den Duft von Zuckerwatte, gebrannten Mandeln, der Pizzen und dem Eis einzuatmen. All das gab es hier. Man hatte zu staunen, bis einem die Augen überliefen, und es machte ihn glücklich.

Als er bei dem Kettenkarussell stand und sehnsüchtig zuschaute, rief plötzlich jemand: »Hallo, komm, steig ein, setz dich.« Ein Junge deutete auf den leeren Korb neben sich.

Erstaunt fragte Alex zurück: »Meinst du mich?«

»Ja, steig ein!«, forderte der Junge, so um die 17, ihn auf. Er hatte schwarze Haare und wirkte recht nett.

Er sagte: »Hey, ich bin Henry, und wie heißt du?«

Alex antwortete: »Alex«, und war etwas perplex.

Doch dann kribbelte es angenehm in seinem Bauch, als sie weit nach oben schwebten und im Kreis herumgewirbelt wurden. Irgendwann ertönte das Signal zum Ende der Runde. Sie sanken herab, stiegen aus, und Henry lud ihn zu einer Portion Pommes ein. Am liebsten wäre Alex den ganzen Abend mit Henry Kettenkarussell gefahren, aber das hätten sie wohl nicht bezahlen können. Also zogen sie noch eine Weile durch die Messe.

Henry fragte Alex, auf was er Lust hätte. Musikexpress oder Achterbahn?

»Lieber Musikexpress. Bei der Achterbahn habe ich Höhenangst«, entschied Alex.

Henry sagte: »Ich liebe den Sommer mehr als den Winter, denn da finden die Volksfeste statt. Nur an denen sind wir da.«

Alex sah ihn fragend an, bis der Groschen fiel. Henry war der Sohn des Kettenkarussell-Besitzers.

»Du bist also nicht immer in Pforzheim?«

»Nein, wir haben feste Verträge, einmal in Stuttgart, dann wieder in Mannheim und so weiter. Wir sind immer unterwegs, den gesamten Sommer.«

»Schade«, sagte Alex und nahm einen Schluck Cola aus der Dose. »Hast du überhaupt Freunde?«

Da erzählte er Alex, dass das schwierig sei, weil sie immer unterwegs waren. »In der Schule werde ich mit den Mitschülern nicht so richtig warm, dafür bin ich zu kurz in der Stadt, und richtige Freunde finde ich nicht.«

In seinen Worten schwang Traurigkeit mit.

»Sollen wir zur Geisterbahn?«, wechselte Alex das Thema.

»Quatsch, das ist was für Mädchen!« Jetzt lachte er wieder. »Komm, wir fahren Piratenschiff.«

Henry plauderte mit der jungen Frau am Kassenschalter, dann kam er zurück und meinte: »Ich habe uns eine Freifahrt organisiert.«

Alex war überrascht, und sie genossen das Emporschwingen über die Köpfe der anderen Messbesucher hinweg.

Anschließend führte Henry Alex zu einem Anhänger, er wollte ihm zeigen, wo die Teile für die Autoskooter und das Karussell aufgeladen waren.

Hinten, im Verborgenen, gab er Alex einen Kuss. Er war total perplex. Doch Henry war echt ein netter, sympathischer sexy Junge und Alex verliebte sich Hals über Kopf in ihn.

Aber dann sagte Henry, er müsse wieder zurück zum Kettenkarussell und seinen Bruder ablösen.

»Meinst du, wir sehen uns wieder?«, fragte er.

Alex erwiderte: »Na klar!«

Henry klopfte ihm auf die Schulter. »Du bist der erste Pforzheimer, den ich leiden kann!«, sagte er.

War das ein Kompliment?

Sie gingen also zurück zum Kettenkarussell, wo der Vater schon auf Henry wartete. Er bekam eine richtige Standpauke und sogar eine Ohrfeige. Dann verschwand der Vater im Kassenhäuschen.

Henry zuckte mit den Schultern. »Tut mir leid, aber ich muss hier weitermachen, sonst ist der Teufel los.«

»Ja, klar«, sagte Alex. »Kein Problem, wir sehen uns morgen.«

Danach machte sich Alex auf den Weg nach Hause. Er dachte: Schade, dass wir nicht mehr Zeit zusammen verbringen konnten.

In dieser Nacht bekam Alex absolut kein Auge zu. Er lag wach im Bett und tausend Dinge gingen ihm durch den Kopf. War er doch früher in der Schule in seinen Klassenkameraden Niko verknallt gewesen und hatte sogar mal seinen Sportlehrer angehimmelt. Waren das nur Hirngespinste oder was war mit ihm los? War er tatsächlich schwul und stand auf Männer?

Am nächsten Tag war Alex bereits am frühen Nachmittag fertig mit der Arbeit, dann nahm er sein Auto und fuhr zur Pforzheimer Messe.

Er ging schnurstracks zum Kettenkarussell, aber der Platz war leer. Er hatte nicht mehr daran gedacht, dass gestern der letzte Messetag gewesen war.

Von da an hielt Alex jedes Jahr auf der Pforzheimer Messe oder am Canstatter Wasen Ausschau nach Henry. Alex hoffte und wünschte sich, dass er Henry eines Tages wieder begegnen würde. Aber er hatte ihn nie mehr gesehen.

Das Ganze ist nun 40 Jahre her. Aber manches Mal, wenn Alex über die Messe läuft, dann denkt er an diese Geschichte. Nach all der langen Zeit hat er diesen Jungen nicht vergessen. Und immer, wenn er *Y. M. C. A.* von den *Village People* hört, dann erinnert sich Alex an die schöne Zeit mit Henry im Juni 1980, an den Autoskooter, an das Riesenrad, das Kettenkarussell, den Musikexpress und an den ersten Kuss von einem Jungen.

Der Besuch beim Urologen

Also wirklich. Da gehe ich nach zwanzig Jahren Angst und Schiss nun endlich doch zum Arzt, zum Urologen, und ärgere mich jetzt schon grün und blau. Wäre ich doch bloß zu Hause geblieben und hätte weiterhin gehofft, dass ich gesund bin.

Aber meine Hausärztin hat mir eine Überweisung geschrieben und gesagt: »So, nun sind Sie 58, und jetzt gehen Sie einmal zum Urologen und lassen sich durchchecken, und zwar ganz, von oben bis unten.«

Das Wartezimmer ist jedenfalls proppenvoll. Wozu ich mir vorher telefonisch einen Termin habe geben lassen, weiß ich beim besten Willen nicht. Vielleicht hätte ich ohne Termin einen Schlafsack und Zahnputzzeug mitbringen müssen.

Jedenfalls stehe ich mittlerweile eine geschlagene Stunde auf dem Flur. Logenplatz, mit Blick in den Wartesaal mit achtzehn Stühlen. Jeder Platz ist besetzt. Auf jedem Platz sitzt ein Mann, oder einer, der einmal einer werden möchte. Es gibt junge Männer und alte, schöne und hässliche und dazwischen ich. Zu welcher Kategorie zähle ich eigentlich?

Jetzt würde ich gerne ein Donnerwetter loslassen, aber alles ist so einschüchternd hier. Am schlimmsten ist die dicke, fette Sprechstundengehilfin. Ich nenne sie in Gedanken »die starke wilde Hilde«. Wenn ich sie böse anschauen würde, dann packt sie mich womöglich und schmeißt mich aus dem geschlossenen Fenster im vierzehnten Stockwerk, das wäre für sie keine Kraftanstrengung. Das macht diese Frau garantiert mit links. Bei einem James-Bond-Film habe ich einmal gesehen, wie so eine schwedische Sumo-Ringerin einem Mann das Genick gebrochen hat; das war eine kurze, knappe Bewegung, und der Mann war tot. Mausetot. Genauso sehe ich diese mächtige »wilde Hilde« vor mir. Sie ist bestimmt zwei Meter groß und drei Zentner schwer.

Aber abends, wenn sie nach Hause kommt, schmeißt sie vielleicht die Brille weg, reißt sich die Kleider vom Leib und wirft alles in eine Ecke. Sie öffnet sich ihre Haare, hängt sich an die Stange oder macht Table-Dance, splitterfasernackt, bis ihr Mann vom Geschäft nach Hause kommt. Dann spielt sie ihm die wilde Hilde vor.

Ich frage mich, was wohl wäre, wenn jetzt ein Mann aufgerufen wird. Kann ich mich dann auf seinen Platz im Wartezimmer setzen oder nicht? Womöglich gerät die innere Ordnung durcheinander? Vielleicht gibt es ja auch am Empfang Platzkarten oder man kann eine Nummer ziehen, wie beim Metzger. Aber derartige Hinweisschilder wären mir doch irgendwo aufgefallen? Was macht die wilde Hilde gerade? Frage ich mich – und wo ist eigentlich meine Brille? In der U-Bahn hatte ich sie noch. Vielleicht im Rucksack. Diese Art von Tasche ist auch ein Mist, da sucht man mehr als man findet. Man hat die Hände frei und auf dem Rücken

eine Last von zwanzig Kilo, aber man findet absolut nichts wieder. Immer ist alles unten. Praktisch
ist daran gar nichts, außer die zwei Seitentaschen,
sofern man sich erinnert, was man darin verstaut
hat. In einer ist mein Handy, in der anderen war
vorhin noch die Geldbörse, die ist inzwischen auch
nicht mehr da. Weg – geklaut!

Na super – das ist heute mein Tag!

Da ist sie ja, meine Brille! Ach nee, das ist nur das
Etui. Vielleicht habe ich die Brille am Empfang liegen gelassen?

Die Arzthelferin hat mich total durcheinander
gebracht mit ihrer Fragerei. Das hasse ich wie die
Pest.

»Waren Sie schon einmal hier?«

»Ja, klar.«

»Im letzten Quartal?«

»Nein, im letzten Jahrtausend.«

»Wissen Sie ungefähr, wann Sie da waren?«

»Äh – ich glaube vor drei Jahren?«

»Ach, da hab' ich Sie ja. – Vor 25 Jahren waren Sie
das letzte Mal hier.«

»Na sowas, wie die Zeit aber auch vergeht.«

Soll ich jetzt meinen Logenplatz aufgeben und
zurück in den Wartesaal gehen? Nicht nur die Stühle sind alle besetzt, nein, auch die Zeitschriften.
Neue Welt, die *Moderne Frau*, *Das Haus* und die Zeitschrift übers Auto, alles weg und belegt, nur ein
Micky-Maus-Heft liegt noch da vom letzten Jahr-
hundert. Dann nehme ich halt das, aber da fehlen ja
ein paar Seiten.

So, super, endlich habe ich nach einer Stunde eine Zeitschrift gefunden und meine Brille und einen Stuhl, und nun werde ich aufgerufen.

Ha, so ein Mist aber auch! Am liebsten würde ich jetzt sagen: »Sie glauben doch jetzt nicht im Ernst, dass ich meinen Logenplatz hier aufgebe? Den ich eine Stunde lang gesucht habe, dann das Micky-Maus-Heftchen und dann noch die Brille? Ich glaube, Sie haben einen Knall und den Schuss nicht gehört, das hier verteidige ich bis zum bitteren Ende.«

Das sind meine Gedanken.

Aber in Wirklichkeit sage ich: »Huch, bin ich nun doch wirklich schon dran? Das ist aber schnell gegangen.«

Es ist die wilde Hilde – ich kann nicht anders reagieren. Beim Aufstehen werfe ich noch einen Blick zum Fenster und denke, ein falsches Wort, und ich fliege im hohen Bogen hier raus. Durch die geschlossenen Scheiben schmeißt die mich und dazu braucht sie noch nicht einmal eine Kraftanstrengung. Hat die eigentlich einen BH an?, geht es mir bitterböse durch den Kopf, oder zertrümmert die sich gerade die Kniescheibe?

Na ja, »dran sein« ist wohl leicht übertrieben. Jetzt sitze ich im Behandlungszimmer. Aber immerhin – ich sitze ja gut.

Meine Mutter hat immer gesagt: Lieber schlecht gefahren als gut gelaufen.

Nur schade, dass hier keine Zeitschriften liegen.

Wie viele Knochen ein Mensch hat, ist ja unglaublich. In der Ecke steht so ein Skelett, und wenn der Arzt kommt, werde ich ihn fragen: »Ist das ein Patient von Ihnen, und er wurde falsch behandelt?«

Also ich sitze dann eine weitere geschlagene halbe Stunde in diesem Kabüffchen, das sind umgerechnet dreißig Minuten, und da geht mir manches durch den Kopf.

Wenn der Arzt kommt, dann frage ich ihn als Erstes: »Weshalb muss ich stundenlang warten, wenn ich einen Termin habe? Was machen die Leute eigentlich, die ohne Termin hierher kommen, bringen die einen Schlafsack mit?«

Und als Zweites werfe ich ihm an den Kopf: »Die Sprechstundengehilfin wäre ideal als Sumo-Ringerin, das könnte die ohne eine Miene zu verziehen machen und leichter ihr Geld verdienen, als hier als Bulldogge herumzubellen.«

Und drittens: »Das Skelett in der Ecke, war das ein Patient von Ihnen?«

Ich langweile mich voll und ganz und überlege mir die Frage Nummer 4. In dem Moment geht die Tür auf und der Arzt kommt herein.

Dann geht alles ganz schnell. Ich stehe, habe irgendwann meine Hosen in der Kniekehle, bücke mich und habe zwei Finger vom Arzt im Hintern.

Und in dem Moment denke ich nicht an die Arzthelferin und nicht an das Skelett. Wenn ich da etwas sagen würde, hätte ich wohl die Faust im Ar...

Prompt setzt meine Atmung aus und mein Herz schlägt auch nicht mehr im Takt. Glaube ich zumindest. Ich kann mich nicht so entspannen wie andere, die angeblich rufen: Mehr, mehr, mehr, tiefer, tiefer!

Ich bin in diesem Moment total verkrampft. Kann man das so nennen? Um es ganz harmlos und geschmeidig auszudrücken?

Irgendwann ziehe ich die Hose wieder hoch und bin entlassen. Ich gehe aus dem Behandlungszimmer raus und mein Blick trifft sich voll und ganz mit dem Blick der »wilden Hilde«.

Ja, wir haben Blickkontakt. Sie fährt sich mit ihrer Zunge über die Oberlippe. Ich bin froh, dass das Karate-Girl mir nichts tut, keine Trockenübung oder sowas in der Art. Ich lasse sie nicht aus den Augen und gehe rückwärts zur Tür hinaus und aus der Praxis. Wie ich das mache, weiß ich nicht mehr. Auf jeden Fall bin ich froh, als ich draußen bin. Nun spreche ich ein »Vater unser« und sende ein weiteres Stoßgebet nach oben.

Danach wische ich den kalten Schweiß von meiner Stirn weg.

Ein kurzer Blick aus dem Flurfenster im 14. Stockwerk bestätigt mir, heute muss mein Glückstag sein. Ich bin unbeschadet hier herausgekommen. Ich gehe jetzt Lottospielen an diesem, meinem ganz persönlichen Glückstag.

Zwei Minuten später stehe ich wieder am Empfang und frage nach meiner Brille.

Die Arzthelferin, die »dicke Wilde« oder die »grobe Dogge«, schaut mich an und sagt zu mir: »Meinen Sie die Brille auf Ihrem Kopf?«

Schlagartig erinnere ich mich an einen anderen peinlichen Moment in meinem Leben. In der Metzgerei habe ich einmal gefragt: »Ist die grobe Dicke heute nicht da?« Ich meinte die Leberwurst. Aber der Metzger meinte seine Frau und sagte: »Nein, die macht oben die Betten.«

Da gehe ich einmal im Leben zum Arzt, altere schlagartig um zehn Jahre, leide an Vergesslichkeit, bekomme Angstzustände und Herzrasen wegen der Arzthelferin.

Immerhin weiß ich jetzt, dass ich fit bin wie ein junger Stier und mich die nächsten fünf Jahre hier keiner mehr reinbringt.

Was für ein Tag!

Der Fund auf dem Dachboden

Es lebte einmal eine hochbetagte Frau in einem kleinen Ort am Rande des Schwarzwaldes.

Diese Frau war nicht nur selbst Künstlerin, sondern sie sammelte auch Werke anderer Künstler, wie Ölgemälde, Gedichte und Skulpturen. Sie zeichnete ebenfalls viele Motive aus ihrem Heimatdorf, schrieb dazu humorige und bissige Gedichte, denn sie war sehr aufgeschlossen.

Jeden Tag besuchte sie mich im Bäckerladen, kaufte Brot oder Gebäck und wir hielten ein kleines Schwätzchen. Sie war inzwischen 85 Jahre alt und kam ganz krumm daher. Sie trug aber jeden Tag ihren Fuchspelz um den Hals und ein Hütchen auf dem Kopf. Auch ihr Kostüm war nicht mehr der neueste Schrei. Aber elegant.

Eines Tages war Heidi, meine Schwester, im Laden, da kam die alte Dame herein und sagte: »Ach je, Heidi, was hast denn du auf dem Kopf? Diese Frisur gefällt mir aber heute einmal gar nicht.«

Heidi, frisch vom Friseur und stolz auf ihre neue Haarpracht, wandte sich zu ihr um und konterte: »Das, was du auf dem Kopf hast, hat mir noch nie gefallen. Und was du um den Hals trägst, ist einfach nur abstoßend.«

Damit war das Gespräch beendet.

Mit 93 Jahren starb die alte Künstlerin, und das kleine Häuschen mit der Scheune wurde verkauft.

Die Gemeinde hatte es geerbt, weil es keine Nachfahren gab, und so kam es unter den Hammer.

Eine Familie aus der nahegelegenen Stadt erwarb das kleine Anwesen und musste zuerst das Haus entrümpeln. Alles, was mit Kunst zu tun hatte, luden sie auf einen Anhänger und fuhren es zu einem Kunstsammler. Der schätzte den Wert und kaufte einiges ab, der Rest wurde an ein Auktionshaus weitergegeben.

Unter diesen Kunstwerken befand sich eine Bibel, die einen Geldsegen von 120.000 Euro einbrachte.

Das Haus und die Scheune hatte die Familie für 60.000 Euro gekauft. Der Gewinn durch den Fund der Schätze war also beachtlich.

Wenig später stand ein altes Gasthaus zum Verkauf. Gerüchten zufolge hieß es, die alte Künstlerin hätte gute Kontakte zu den ebenfalls verstorbenen Wirtsleuten gehegt. Vor allem zu der Wirtsfrau, die früher beruflich als Goldschmiedin tätig gewesen war.

Ein Freund von mir, dessen Familie eine Schreinerei besaß, wurde von dem Immobilienhändler beauftragt, die Schränke abzubauen. Denn die neuen Besitzer hätten vor, das komplette Gebäude zu renovieren und wollten sich nicht mit dem alten Gerümpel herumplagen.

Und ein weiteres kleines Märchen wurde wahr: Mein Freund und sein Vater fanden in einem Schrank über hundert Wurstdosen.

Es meldete es brav seinem Auftraggeber, doch

der winkte ab und meinte: »Machen Sie damit, was Sie wollen.«

Der Vater meines Freundes öffnete daraufhin eine Dose, um zu prüfen, ob die Wurst noch genießbar war.

Hätte ja sein können. Aber es befand sich keine Wurst in der Dose.

Sondern sauber zusammengerollte Geldscheine. Vermutlich Schwarzgeld! Und zwar in allen Dosen.

Über die Höhe des Gesamtbetrages – eine Mischung aus DM- und Euro-Scheinen – äußerte sich mein Freund nicht. Aber ich konnte mir vorstellen, dass der Fund nicht unbeträchtlich war.

Doch das war nicht alles, wie mir mein Freund anvertraute. In einer ramponierten Holz-Schatulle, die sie im Speicher entdeckt und beinahe weggeworfen hätten, waren Schmuck und weitere Wertsachen versteckt. Diesen kleinen Schatz überreichten sie den neuen Hausbesitzern – sie mussten ja ein wenig Ehrlichkeit beweisen, bevor andere Handwerker ins Haus kämen und die Schatulle klauten.

Von diesen Ereignissen angestachelt, stieg ich bei uns zu Hause auf den Speicher, der vollgestopft mit geerbten Möbelstücken und Truhen war. Ob ich hier auch etwas Wertvolles finden konnte?

Ich begann, eine Schranktür nach der anderen zu öffnen, zog etliche Schubladen heraus und wühlte mich durchs verstaubte Innere von Schachteln, Kisten und der Truhen.

Viele Sachen fand ich, die nach all den Jahren eine ganz besondere Wertung erfahren durften.

Ich fand einen Zinnstich, den hatte ich einmal in der Schule gefertigt. Außerdem entdeckte ich Schwarzweiß-Fotos von Klassenfahrten, ein Schwimmzeugnis, Seepferdchen-Urkunden von den Bundesjugendspielen, zwei Aufsätze im Aufsatzheft, eine Ehrenurkunde aus der Leichtathletikzeit. Weiterhin ein Trikot vom Tennisspielen, als ich 18 war, einen DIN-A4-Umschlag mit Fotos vom Landschulheim, einen Koffer mit abgenutzten Sportsachen und Turnschuhen, eine klapprige Schreibmaschine sowie Decken und Vorhänge. Also viel Gruscht und alte Sachen.

Ich schwelgte in Erinnerungen. Sah mich in meiner Schulzeit.

Was ich auch entdeckte, verborgen unter einer schützenden Wolldecke, war eine etwa hundert Jahre alte, jedoch leere Registrierkasse aus Bronze, die ich heute noch in Ehren halte. Vermutlich stand sie noch herum, weil meine Mutter sie aufgrund des Gewichtes nicht so einfach entsorgen konnte. Vielleicht hingen aber auch gute Erinnerungen an ihren früheren Laden daran, die nicht verloren gehen sollten.

Was ich bei meiner Suchaktion allerdings nicht fand, waren eine wertvolle Bibel, mit Geldscheinen gefüllte Wurstdosen oder eine Schatulle mit Gold. Nein, das alles fand ich leider nicht.

Aber wie heißt doch das bekannte Lied von Opus?

Live ist life!

Das kam mir spontan in den Sinn.

Ja, und die Moral von der Geschicht'? Traue keinem Speicher nicht.

Die Fünf-Minuten-Affären

Peter lebte in Berlin. Er war neununddreißig und hatte immer das Gefühl der Leere.

Alles war ihm egal und nichts und niemand bedeutete ihm etwas. Er suchte nicht mehr nach der großen Liebe, nach dem Partner fürs Leben. In einer Stadt wie Berlin, wo die ganze Stadt ständig vibriert, wo man den Herzschlag hört, wo alles pulsiert.

Vielleicht war er auch zu oft enttäuscht worden. Nie wieder würde er sich auf eine feste Partnerschaft einlassen. Peter suchte nur noch nach Sex. Ohne Verpflichtungen einzugehen, ohne Gefühle zu investieren, und somit konnte auch er nicht verletzt werden. Also ging er am liebsten in den Darkroom oder auf Klappen.

An einem Samstagabend lag er auf der Couch und dachte an die vielen Männer und wilden Sex, an tolle Erlebnisse im Darkroom. Wie geil es immer war, fast wie in einem Pornofilm.

Um 23 Uhr zog er sich an. Leder-Harness, Leder-Chaps, Lederstiefel (Knobelbecher), ein T-Shirt in schwarz, dazu eine Lederweste und ein Lederkäppi. Der Abend war noch jung, und er zog los zur nächsten Schwulen-Bar. Er sah verdammt gut aus mit seiner geilen Figur und als Leder-Macho.

Er wollte sich noch etwas Gutes tun, er hatte Lust auf ein Abenteuer. Er ging geradeaus zum Darkroom, ohne Umwege.

Der eine Mann nahm sich einen Jüngeren, okay, dann musste Peter vorlieb nehmen mit einem anderen. Dieser war kein Adonis, aber dafür sympathisch, ein netter Typ – egal.

Nach dem schnellen Sex machte sich Peter wieder aus dem Staub. Er suchte stets nach mehr, nach dem Schöneren, nach dem Geileren – vielleicht sogar nach dem Traummann, aber den würde er hier im Darkroom nicht finden. Und sollte er ihm begegnen, wie konnte er das feststellen?

Das gute Gefühl hielt auch heute nicht lange an, wieder machte sich die Leere in Peter breit.

Die ganz langsam ihre Wirkung verlor. Früher waren diese Abenteuer geil und aufregend, und ab und zu war auch guter Sex dabei. Aber in der Zwischenzeit brauchte er immer mehr und öfter den Darkroom. Im Darkroom bekam er das, was er wollte. Er war süchtig danach.

Oft saß er stundenlang in diesem Kellerloch und wartete auf den Richtigen. Er wünschte sich, er hätte niemals damit angefangen. Dabei sehnte sich Peter so sehr nach Nähe. Doch Fremde sind sich nicht nah, auch wenn sie für kurze Zeit so intim miteinander sind. Im Dunkeln trieben sie es wie die wilden Tiere. Wie Karnickel. Zurück blieb der Geruch von geilem Leder, denn beim Sex bleibt das Leder an.

Das alles widerte ihn so an, weshalb konnte er nicht anders?

Als er die Kneipe verließ, war es fünf Uhr morgens. Langsam wurde es hell. Peter spuckte auf den

Boden, er wollte den schalen Geschmack loswerden, der ihm auf der Zunge lag.

Sein Nachhauseweg führte über die Spree. Mitten auf der Brücke blieb er stehen. Er blickte nach unten, verzweifelt und unglücklich. Alles Scheiße. Was für ein Leben.

Aus dem Augenwinkel heraus sah er einen schwarzen Raben dicht neben ihm auf dem Geländer sitzen. Peter blieb ganz ruhig und bewegte sich nicht.

Reglos saß auch der Vogel da und schaute ihn einfach nur an. Der Rabe schien absolut keine Angst zu haben und starrte ihn an, als könne er tief in seine Seele blicken. Es war, als spüre der Vogel seinen Kummer. Zerbrechlich, ungewöhnlich und einzigartig war dieser Moment.

Auf einmal flatterte der Vogel auf und flog davon.

Wenn man sich immer alles nimmt, was man gerade will, dann ist es nichts Besonderes mehr.

Wo findet man das große Glück? Konnte er je glücklich werden? War er überhaupt bindungsfähig?

Das Wasser und die Tiefe übten eine magische Anziehungskraft auf Peter aus.

Er lächelte und sprang.

Mein Freund Ben

Es war Samstagabend, und Ben liebte es, unter Menschen zu gehen. Er wollte nicht alleine sein und zu Hause herumsitzen.

So ging er in die Disco.

In dieser Masse von Menschen konnte er untertauchen. Die Tanzfläche war voll mit Schwulen, die nach dem Rhythmus der Musik tanzten. Der Boden vibrierte, die Lautsprecher waren laut und man spürte den Bass. Hier war es herrlich! Man war Schwuler unter vielen Schwulen, einer von vielen.

Hoffentlich sprach ihn keiner an, denn davor hatte er Angst. Aber die Musik war so laut, dass man nicht miteinander reden konnte. Man merkte auch nicht, wenn die Leute über einen redeten.

Denn Klatsch und Tratsch der Leute kannte er zu gut. Er kam aus einem 1000-Seelen-Dorf, und dort war er schon immer etwas Besonderes, ein Alien, ein außergewöhnlicher Mensch, jemand, über den andere Jugendliche lachten. Aber auch die Schwulen machten sich lustig über ihn und waren genauso intolerant wie die Nachbarn aus seinem Heimatort.

Manches Mal sehnte sich Ben nach einem Partner, nach einem Mann, mit dem er durch dick und dünn gehen konnte. Flirten traute er sich nicht, er versuchte, ja keinen Blickkontakt aufzubauen. Alle wollten nur den besten und immer noch einen besseren und noch besseren Traummann kennenlernen. Ben war schon zu oft enttäuscht worden. Das wollte er nicht mehr.

I'm so excited, Ben liebte dieses Lied von den *Pointer Sisters*.

Er tanzte ganz nah zu den Boxen hin und versuchte, den Rhythmus und den Bass zu fühlen.

Er bemerkte den Mann, der neben ihm tanzte, im ersten Moment absolut nicht. Schöne Augen und einen Dreitagebart hatte er, war geil gekleidet und tanzte richtig gut.

Er flirtete, das war offensichtlich.

Ben erwiderte den Blick nicht, er wollte nicht schon wieder enttäuscht werden. Der Typ wusste ja nicht, was ihn erwartete, und er würde Ben schnell wieder fallen lassen.

Besonders bei einem Partner war niemand bereit, Abstriche zu machen und das Mittelmaß zu nehmen, jeder wollte einen Traum-Prinzen.

Was soll's, dachte sich Ben. Das Lied gab ihm Mut, und er ließ seine Hemmungen fallen, soweit es ihm möglich war. Er lächelte zurück und flirtete mit dem anderen.

Ben war so aufgeregt, dass er am ganzen Körper zitterte.

Sie kamen einander näher. Sie berührten sich. Der schöne Mann legte seine Hände an Bens Hüften. Die beiden tanzten ganz dicht beieinander. Ben wusste nicht, wie ihm geschah.

»Ich bin Siggi«, schrie der andere.

Ben konnte nur ahnen, was ihm sein Tanzpartner mitteilen wollte, jedoch nichts hören … die Musik war zu laut. Aber um den Hals des Mannes schmiegte sich eine schwere goldene Kette mit einem Namensschild.

»Willst du etwas trinken?«, fragte Siggi.

Ben schaute ihn an und nickte, als Siggi ihm zusätzlich mittels Handzeichen das Trinken aus einem Glas andeutete.

Erneut sagte Siggi etwas, doch Ben musste mit einem Kopfschütteln antworten, denn das hatte er auch nicht verstanden.

Siggi brüllte noch einmal und ging ganz dicht an Bens Ohr.

Abermals antwortete Ben nicht, es war hier einfach zu laut. Er machte ein bedrücktes Gesicht und zog einen Zettel aus der Hosentasche, auf dem stand: Ich bin gehörlos.

Siggi nickte nur und lächelte ihn an. »Was möchtest du trinken?«, fragte er in Gebärdensprache.

Ben war erstaunt. »Ich nehme ein Bier«, gab er zurück, indem er mit den Händen die entsprechenden Zeichen machte.

»Okay – das hole ich dir«, antwortete Siggi wieder in Gebärdensprache.

Der Tag, an dem das Unvorstellbare geschah

2007

Philippe ist Buchautor und sitzt in einer Hotellobby. Dort wird er von einer Journalistin interviewt.

Mitten im Gespräch schweift sein Blick über die Leute, die kommen und gehen, die einchecken und auschecken.

Plötzlich nimmt er den Rücken eines Mannes wahr, der gleich das Hotel verlassen wird, betrachtet seinen Gang, seine Haltung, und ist auf der Stelle fasziniert.

Er sieht das Gesicht des Unbekannten und denkt, das ist unmöglich, das kann nicht sein.

Philippe ruft seinen Vornamen – Thomas – und die Journalistin erschrickt.

Philippe müsste sich bei ihr entschuldigen, tut es aber nicht. Stattdessen steht er auf und rennt dem Mann hinterher, hinaus auf den Bürgersteig. Er erreicht ihn, fasst ihm an die Schulter, und der Mann dreht sich um.

1984 – *Im Pausenhof eines Gymnasiums bei Bordeaux.*
Philippe ist 17 Jahre alt und in der Abiturientenklasse. Er beobachtet einen hübschen Jungen mit wilder Frisur. Er ist schlank, feingliedrig und hochgewachsen. Der Traum vieler Mädchen.

Der junge Mann gefällt auch Philippe.

Er heißt Thomas Andrieu, ist scheu wie ein Reh und verhält sich vorsichtig, zurückhaltend. Er raucht auf dem Pausenhof, hat die Zigarette im Mundwinkel. Er schaut Philippe mit keinem Auge an. Ohne einen Blick und ohne ein Lächeln, so geht das monatelang.

Philippe ist ein Musterschüler und der Sohn vom Schuldirektor. Er schwänzt keine Stunde und hat die besten Noten. Ein richtiger Schleimer, der Stolz seiner Lehrer.

Heute würde er sich ohrfeigen, aber nicht wegen seiner guten Noten, sondern nur, weil er immer seinem Vater gefallen wollte.

Aber er hat gehorcht – was auch sonst?

Philippe hat noch nicht nachgeforscht, wessen Sohn Thomas Andrieu ist oder wo er wohnt. Niemand darf merken, dass er Gefallen an dem Jungen gefunden hat. Dass er etwas von ihm will. Niemand darf auf die Idee kommen, ihn zu fragen, weshalb interessierst du dich für ihn?

Aber das wilde Haar und der dunkle Blick.

Thomas weiß, dass er gefällt. Menschen, die gefallen, wissen darum. Es ist wie eine stille Gewissheit.

Die Mädchen tummeln sich um Thomas, und Philippe spürt Eifersucht und bittere Machtlosigkeit.

Philippe glaubt, dass er Jungen mehr mag, aber er ist noch nicht fähig, diesen Satz auszusprechen, das darf er auch nicht, er ist der Sohn des Schuldirektors.

Doch eines Tages bindet sich Philippe den Schuh auf der Treppe in der Schule, und dann sieht er die weißen Turnschuhe neben sich. Er folgt dem Blick über die Jeans bis hoch zum Gesicht von Thomas.

Dieser schaut weg, hält ihm aber einen Zettel hin.

Auf diesem stehen ein Datum, eine Uhrzeit und der Name von einem Café.

Philippe nimmt den Zettel. Thomas ist schon weg, bevor er richtig überlegen kann, bevor er etwas sagen kann, bevor er reagieren kann. Alles geht blitzschnell.

Dann treffen sie sich in diesem Café zur genannten Stunde.

Thomas sagt nicht viel. Er sitzt vor einem Bier und raucht.

Sie reden fast nichts, bis Thomas fragt: »Darf ich dir etwas zeigen?«

Philippe sagt ja.

Thomas legt einen 5-Francs-Schein auf den Tisch. Das Bier rühren sie nicht an und gehen.

Sie gehen zu einer großen Scheune. Hier hat Thomas eine Decke versteckt, die er ausrollt.

Und sie setzen sich auf die Decke.

Sie fühlen sich wie in einem Versteck, es ist dunkel, sie berühren sich zuerst ganz vorsichtig. Sie zittern. Sie befühlen sich wie scheue Rehe. Aber dann verblüfft die Frühreife – keine Scham, keine Hemmungen. Es geht zur Sache. In einer Zeit ohne Internet gibt es zwar schon Videokassetten, jedoch keine zugänglichen Pornos, die ihnen hätten hilfreich sein können.

Hier im Verborgenen dieser Scheune können sie ihren Sex ausleben. Sie werden sich von Tag zu Tag sympathischer. Sie fühlen sich zueinander hingezogen. Hier findet die Liebe statt.

Die Liebe, das sind Münder, die sich suchen, sich finden, Bisse in Lippen, Bartstoppeln, die das Kinn kratzen. Hände, die hilfesuchend den Körper abtasten, das unordentliche Haar gleitet durch Finger, Arme, die sich umschlingen, Kleidungsstücke, die hastig ausgezogen werden. Körper, die sich aneinanderschmiegen, Haut berührt sich. Die Oberkörper sind muskulös, unbehaart mit flachen dunklen Brustwarzen.

Sie entdecken das kräftig geäderte weiße, prachtvolle Geschlecht. Es entsteht eine gewisse Geschicklichkeit, trotz der Raserei. In unbändiger Erregung und der Hingabe eint das irrsinnige Vertrauen in den anderen. Sie wollen nackt sein und Haut auf Haut. Sie streicheln sich, die Hände kennen den Weg. Jeder weiß, was zu tun ist. Sie beißen. Sie stöhnen. Sie lieben sich. Keiner kennt Zurückhaltung. Sie sind erregt bis ins Mark. Sie haben Gänsehaut, lecken sich überall.

Sie lieben sich ohne Kondom. AIDS ist bekannt, es heißt hier Schwulenkrebs. Es existiert aber bei den beiden in der Scheune nicht, da denkt niemand an diese Krankheit. Sie sind noch zu jung, um einen Gedanken zu verschwenden, dass eines Tages viele Freunde und Geliebte vernichtet werden. Dass die Namen in unseren Adressbüchern ausgelöscht und uns so viele Abschiede um den Verstand bringen werden.

Sie verlieben sich in einander.

Thomas Andrieu ist der Sohn eines Weinbauers in der Nähe von Bordeaux.

Er sagt zu Philippe: »Eines Tages wirst du fortgehen in die große weite Welt, aber ich bleibe hier beim Weinbau. Du siehst, wir gehören unterschiedlichen Welten an. Welten die nichts miteinander zu tun haben.«

Sie treffen sich regelmäßig sechs Monate lang unter der Bedingung, dass es nur im Verborgenen – in dieser Scheune – stattfinden darf.

Dann ist Abiturprüfung.

Philippe besteht mit Bestnoten und geht mit den Eltern in den Urlaub an den Atlantik für drei Wochen.

Als er zurückkommt, ruft er bei Thomas an.

Seine Schwester sagt, er sei auf einem Weingut in Spanien, sie hätten dort Verwandtschaft. Dort lerne er den Weinbau von der Pike auf. Er soll ein Praktikum dort machen. Er wolle keine Schule mehr besuchen, er hätte die Schnauze voll.

Philippe stößt einen herzzerreißenden Schrei aus, er ist einsam und machtlos. Was kann er tun?

Hoffen auf ein Wiedersehen? Die Hoffnung stirbt zuletzt.

Philippe versteht nicht, dass das Abi das Ende der Geschichte ist. Er spürt nur Melancholie, Trauer, Verzweiflung.

Thomas fehlt ihm fürchterlich.

Philippe studiert in Paris, widmet sich der Schriftstellerei und wird Buchautor.

Er beschreitet den Weg, den man ihm vorgegeben

hat. Er beugt sich dem Ehrgeiz, der von ihm erwartet wird. Er fügt sich – so wie immer. Er muss Thomas Andrieu aus seinen Gedanken löschen.

Thomas lernt in Spanien ein Mädchen kennen. Sie wird schwanger, er heiratet sie und bleibt in Spanien. Er wird dort ein Weingut aufbauen. Er hat einen Sohn, dieser heißt Andreas.

2007

Der junge Mann vor dem Hotel ist Andreas und er sieht seinem Vater nicht nur ähnlich, sondern die Ähnlichkeit ist atemberaubend.

Sodass es Philippe kalt den Rücken hinunterläuft bis ins Mark.

Das gleiche Gesicht, der gleiche Blick, die Figur, der Gang.

Als er wieder klar denken kann, sagt Philippe nicht *Entschuldigung ich habe mich geirrt, ich glaubte, jemanden wiedererkannt zu haben*, sondern er sagt: »Wenn Sie wüssten wie ähnlich Sie jemandem sehen, den ich vor langer Zeit gekannt habe. Sie sind das vollkommene Ebenbild Ihres Vaters.«

Der junge Mann entgegnet: »Das höre ich andauernd.«

Philippe gibt ihm seine Visitenkarte und bittet um Weitergabe an den Vater.

Mehrere Tage später erhält Philippe einen Anruf von Andreas Andrieu.

Sie verabreden sich in einem Café.

Philippe ist schon da, als Andreas kommt.

Andreas sagt mit trauriger Stimme: »Mein Vater hat sich in der Scheune erhängt.«

Philippe möchte solche Worte nicht hören, er könnte laut schreien, doch fragt er leise: »Wann hat er das getan?«

Andreas hat Tränen in den Augen. »In der Nacht, als ich ihm Ihre Visitenkarte gab.«

Sie schweigen eine ganze Weile, bis Philippe sagt: »Durch welche Hölle muss er gegangen sein, wenn er den freiwilligen Tod wählt?«

Andreas holt ein Kuvert heraus und überreicht es Philippe. »Er hat einen Brief für Sie hinterlassen. Ich habe ihn bei seinen Sachen entdeckt. Er hat wohl nie den Mut gehabt, ihn an Sie abzuschicken.«

Der Briefumschlag ist alt und sehr fleckig, er stammt aus dem Jahr 1984.

Philippe zieht den Brief heraus und liest:

Lieber Philippe,

ich breche nun nach Spanien auf, unsere Wege werden sich hier trennen.
Ich werde vielleicht nie mehr zurückkommen. Auch Du hast eine lange Reise vor Dir, Du bist geschaffen, woanders zu leben.
Natürlich war es LIEBE!
Du hast Dein Leben, das auf Dich wartet, und ich habe meins. Und Morgen wird eine große Leere in mir sein.
Ich wollte Dir nur schreiben, dass ich sehr glücklich war in den letzten sechs Monaten. In dieser

Zeit, wo wir zusammen waren. Dass ich niemals sonst so glücklich gewesen bin und ich jetzt schon weiß, dass ich nie mehr so glücklich sein werde.

In großer Liebe und Dankbarkeit
Thomas Andrieu

Die Geschichte von Valery und Igor

Ukraine im Jahr 2023

Am 24. Februar 2022 marschierten russische Truppen in die Ukraine ein.

Das war ein Verstoß gegen das Völkerrecht.

Valery Bolotov war ein junger Ukrainer und wollte sein Heimatland verteidigen. Er lernte schießen, er exerzierte, er machte Laufmärsche und Nachtübungen mit, bis er als Soldat ausgebildet war.

Die jungen Soldaten erhielten Stahlhelme, Stiefel und Gewehre. Und doch waren sie noch sehr unerfahren.

Valery war Fahrer und hatte in einem Jeep oft den Stabsfeldwebel gefahren. Er fuhr außerdem Soldaten von A nach B sowie Akten, Verpflegung und vieles mehr, auch einen Krankentransport musste er einmal machen.

Eines Abends wurde ihm ein russischer Gefangener in Handschellen auf den Rücksitz gesetzt. Anscheinend ein Geflohener. Ein Mann mittleren Alters mit Locken und einer Brille.

Er hieß Igor und sollte ins Gefängnis zur Vernehmung gebracht werden.

Nachdem Valery die Türen verriegelt hatte, fuhr er los. Das Sprechen war nicht gestattet, also schwiegen die beiden. Im Rückspiegel trafen sich ihre Blicke. Valery sah in braune Augen voller Verzweiflung.

Igor brach das Schweigen. »Ich bin wie du ein Mensch mit Gefühlen, ein Mensch, der das Leben liebt und die Menschen und auch die Männer. Sergey lebte im selben Haus wie ich. Wir trafen uns heimlich, und doch wusste jeder Bescheid.«

Vermutlich ahnte Igor, dass Valery der Letzte sein würde, dem er diese Geschichte erzählen konnte. Also offenbarte er alles – ihm war es jetzt wohl egal, es schien ohnehin alles verloren.

»Wir wurden beide eingesperrt und kamen in ein Straflager.«

Erneut trafen sich ihre Blicke im Rückspiegel. Und wieder sah Valery diesen hilfeflehenden Ausdruck in Igors Gesicht.

»Welchen Wert habe ich in deinen Augen?«, fragte sein Gefangener.

Weil Valery immer noch schwieg, redete Igor weiter.

»Es hieß: ›Herr Schiffermann und Herr Leni stehen in Verdacht, Unzucht getrieben zu haben!‹ So steht es zumindest in den Akten.« Igor wurde lauter. »So nennt ihr das? Unzucht? Ich nenne es Liebe. Wir Homophilen waren dem Spott der Mithäftlinge und den Wärtern ausgeliefert. Wir wurden gequält und gepeinigt, wir wurden mit Knüppeln geschlagen und mit Besenstielen penetriert. Wir wurden für krank, geisteskrank und willensschwach befunden. Sie versuchten, unsere Gefühle umzudrehen. Sie experimentierten mit Elektroschocks und operativen Eingriffen. Sie versuchten alles Mögliche, um ihre Perversionen auszuleben.«

Valery wusste nicht, was er entgegnen sollte, und nach einer kurzen Pause fuhr Igor fort, sein Herz auszuschütten.

»Irgendwann flüchteten wir aus dem Gefängnis. Über den Stacheldrahtzaun. Albert und ich. Albert, meine große Liebe, wurde erschossen.« Tränen liefen über Igors Wangen. »Es kam alles ganz anders, als wir uns unsere Zukunft vorgestellt und ausgemalt hatten. Und nun nimmt dieser ganze Spuk endlich ein Ende.«

Valery lenkte den Jeep mit starrem Blick die Straße entlang. Er konnte nichts erwidern, die Kehle war ihm wie zugeschnürt.

Igors Stimme wurde hart und vorwurfsvoll. »Gnadenlos jagt ihr uns. Zehntausende homosexuelle Männer mussten in den letzten hundert Jahren sterben. In Konzentrationslagern verschleppt, gefoltert, manche zwangskastriert oder gleich ermordet und vergast. Homosexualität gab es in allen Zeiten und in allen Gesellschaftsschichten. Die Kultur und die Zeit, in der wir leben, bestimmt, ob sie als Unrecht oder als Recht betrachtet wird.«

Sie näherten sich dem Gefängnis, von weitem sah man es schon.

»Wenn du mich dort ablieferst«, sagte Igor, »bist du nicht besser und nicht schlechter als all die anderen. Aber vielleicht bist du ja doch nicht so ein Monster, so ein Schwachkopf, so ein Arschloch wie all die anderen.«

Nun schwieg der Gefangene und lehnte sich ergeben zurück. Schloss die Augen.

Valery zögerte, atmete schwer durch.

Dann tat er es. Er hielt an.

Entriegelte die Tür. Fasste den Mut, sich all dem zu widersetzen.

Durch den Rückspiegel nahm er den erstaunten Blick des Gefangenen an und sagte: »Lauf!«

Igor verstand sofort und nickte. Er stieß die Tür auf und rannte davon.

Valery stieg ebenfalls aus und nahm sein Gewehr in die Hand. Schoss mehrmals in die Luft.

Später, als Valery im Gefängnis ankam, war der Teufel los.

Weshalb er nicht besser aufgepasst hätte? Er bekäme eine Dienstaufsichtsbeschwerde wegen des unzulässigen Halts. Wie konnte nur so etwas passieren? Wie kann man danebenschießen und nicht treffen?

Immerhin war bekannt, dass die Türschlösser vom Jeep tatsächlich nicht immer funktionierten, das wusste auch der Stabsfeldwebel. Und stimmte ihn gnädiger.

Drei Monate später wurden mehrere Männer tot aufgefunden. Darunter befand sich auch Igor.

Täter waren sie alle, auch wenn Valery innig versuchte, keiner zu sein.

Die fünf Toten wurden auf die Ladefläche eines Lastwagens verladen und an einen anderen Ort gebracht. Jeder Soldat hatte eine Schaufel dabei, und Valery schaufelte das Grab, oder besser gesagt, das Loch für Igor.

Mit Tränen in den Augen.

Als es Tag wurde, hatten sie es geschafft, die Leichen waren verscharrt. Die Erdhaufen mit Grasbüschel bedeckt.

Seither muss Valery immer wieder an diese Begebenheit denken, und oft wacht er nachts auf – schweißgebadet.

Aber das hilft alles nichts!

Die Qualen eines Hochzeitsgasts

War ich damals zu empfindlich?

Es handelt sich um eine Hochzeit Anfang der Achtzigerjahre, zu der ich eingeladen worden war. Die Braut war meine Cousine.

Ich stand kurz vor meinem 18. Geburtstag und hatte keinerlei Lust auf solche Familienfeste. Doch meine Eltern beharrten auf meine Teilnahme, und so fügte ich mich.

Zuerst hatte man sich im Haus der Brauteltern einzufinden.

Die Braut war noch oben und wurde zurechtgemacht. Angezogen, geschmückt.

Wie ein Pfingstochse, ging es mir durch den Kopf.

Und wer den Begriff nicht kennt: In Bayern ist es Brauch, zu Pfingsten einen Ochsen herzurichten, zu schmücken oder schlichtweg aufzumotzen.

Dann stellte sich die Hochzeitsgesellschaft in Zweierreihen auf und es wurde zur Kirche marschiert. Vor dem Brautpaar gingen alle Unverheirateten, hinter dem Brautpaar alle Verheirateten.

Als alle ihre Plätze im Gotteshaus eingenommen hatten, musste man dem Geschwätz eines schwitzenden und nuschelnden Pfarrers lauschen. Aber wehe, er fing zu singen an, dann übertönte er sogar die Glocken von Rom.

Nach dieser Zeremonie stellte sich die gesamte Verwandtschaft zum Gruppenfoto vor der Kirchentreppe auf, um an der auf Glanzpapier festgehaltenen süßen Freude dieser riesigen Familie teilzuhaben.

Endlich durften wir uns in eine schlecht beheizte und stickige Mehrzweckhalle begeben, ich hatte ziemlichen Hunger und Durst. Doch der ausgeschenkte Fusel schmeckte scheußlich. Die Becher waren aus Plastik und die gereichten belegten Canapés waren inzwischen ausgetrocknet. All das roch nach Geiz, nicht nach Not.

Später setzte sich die gesamte Meute in Bewegung und fuhr in einer Kolonne zu einem Ausflugslokal beziehungsweise in das Gasthaus einer gottverlassenen Ortschaft.

Ich erinnere mich an schmutzige Witze und an noch schmutzigeres Gelächter, an Unterhaltungsgeschrei, das immer lauter wurde, an verschwitzte Gesichter, an Hemden mit Flecken von Wein und anderem Zeug, an zotigen Radau und an eine Ansammlung von gerötetem Fleisch mit vollen Wänsten und dicken Leibern.

Ich erinnere mich an Spiele, für die ich mich heute noch nachträglich schäme. Bei einem Spiel sollte eine Frau mit verbundenen Augen ihren Mann erkennen, indem sie die nackten Waden von irgendwelchen fünf Männern abtasten musste. Bei einem anderen Spiel sollte ein Apfel, der auf dem Boden lag, mithilfe einer Banane, die mit einer Schnur um die Hüfte befestigt war, weitergeschoben werden.

Ich erinnere mich an das absolute Vulgäre, an diese grunzenden Menschen, und mich erschaudert es.

Am Tisch neben mir berichtete einer meiner Cousins, kaum vierzehnjährig, von seinen ersten sexuellen Erfahrungen, die ich bei einem vorpubertierenden Jungen für unvorstellbar gehalten hätte. Er fragte mich glatt, was ich bei meinen ersten Liebeseroberungen angestellt habe.

Am liebsten hätte ich gesagt: Ich habe einen knackigen Boy vernascht, interessiert dich noch etwas?

Natürlich habe ich nichts gesagt, der Genießer grinst und schweigt.

In einer anderen Ecke grölte ein Freizeitsänger zu seinen Darbietungen auf dem Akkordeon – oder war es eine Hammond-Orgel? Herausgeputzt in einer bayerisch anmutenden Tracht, sang er alte Liebeslieder und kaum wiedererkennbare Klassiker. Es gab auch Schunkellieder und eine Polonaise durchs Lokal.

Als dann die Onkels den Ententanz zelebrierten, mit ihren Körpern herumwackelten und die alterslosen Witwen ihnen mit seligem Lächeln zuschauten, war der Gipfel des Erträglichen überschritten.

Um vierundzwanzig Uhr wurde unter dezenter Musikbegleitung der Schleier abgenommen, denn bis dahin ist die Braut eine Braut, danach ist sie Ehefrau. Nun stand ihr die Hochzeitsnacht bevor, und sie durfte ihren ehelichen Pflichten nachkommen.

Aber bevor es so weit war, tauchte plötzlich ein James-Dean-Verschnitt auf, klasse Figur, blond, absolut sexy. Er schaute fragend herum, und ich bekam Schnappatmung.

Will der zu mir?, schoss es mir freudig durch den Kopf.

Aber nein, es stellte sich heraus, dass er Taxifahrer war und einen meiner Onkels samt dessen Ehegattin abholte.

So ein Pech!

Ich hatte nur noch einen Wunsch: einfach abzuhauen.

Auf dem Nachhauseweg schwor ich mir, alles zu versuchen, um nie mehr an solch einer Feier teilnehmen zu müssen.

Anscheinend war ich ein zu empfindlicher Junge gewesen – oder?

Der Prinz auf dem Schimmel

Hartmut Vollmer war ein bekannter Raumgestalter in Baden-Baden. Die Persönlichkeiten des bekannten Kurorts hatten seine Adresse weitergereicht, und er konnte sich einen guten Namen machen.

Das brachte auch viel Arbeit mit sich, weshalb Herr Vollmer nur sehr wenig Zeit für seinen Sohn Heiko übrig hatte. Seine geschiedene Frau lebte im Ausland, deshalb hatte er die volle Verantwortung für seinen Sohn.

Heiko war vernarrt in Pferde. So kam Vollmer auf die Idee, ihm eines zu kaufen. Seine Wahl fiel auf die Stute Stella.

Das Pferd wurde auf dem Anwesen der Ururgroßeltern untergebracht, das sich im ländlichen Oos befand. Das Haus war ein heruntergekommenes Fachwerk-Häuschen, sah wie ein Hexenhaus aus und war eine ziemliche Ruine. Glücklicherweise waren die Scheune und der ehemalige Schweinestall noch in gutem Zustand, und das Gelände mit einer Größe von 1400 Quadratmetern war vollkommen eingezäunt. Hier konnte es sich das Pferd Stella gutgehen lassen.

Heiko versorgte das Pferd, so gut er konnte. Hilfe von seinem Vater erhielt er dabei nicht. Wollte er auch nicht. Das Tier war ohnehin kaum ein Thema zwischen ihnen, und wenn sein Vater nach Stella fragte, musste Heiko sich ein Lachen verkneifen, denn sein Vater konnte den Namen nicht richtig aussprechen. Er brachte das *ST* nicht gut über die Lippen.

Verwundert war Heiko, als sein Vater ihn fragte, ob er nicht ein zweites Pferd wolle, damit Stella nicht so alleine sei. Und wie es der Zufall mochte, wurde ihm ein Pferd von einem Pforzheimer Schmuckfabrikanten angeboten, der pleite war. Und so kaufte Hartmut Vollmer ein Pferd namens »Prinz von Avalon«.

Die beiden Pferde waren nun auf dem Anwesen in Oos, und Heiko entwickelte sich immer mehr zu einem Pferdenarren, der sich mit Leib und Seele den stolzen Tieren hingab. Er spezialisierte sich auf Dressurreiten und arbeitete jeden Tag mit den Pferden.

Eines Nachts brannte die Scheune, entweder durch einen Blitzeinschlag oder vielleicht hatten Jugendliche in der Scheune geraucht, auf jeden Fall brannte diese nieder. Die beiden Pferde konnten gerettet werden und wurden nach Baden-Baden in die große Pferdeanlage gebracht, denn auf der Weide in Oos lagen nach den umfangreichen Löscharbeiten zu viele Glassplitter, Balken und Ziegelbrocken herum.

Leider hatte Stella eine offene Wunde am Fuß davongetragen. Diese Verletzung wurde zwar vom Tierarzt behandelt und verbunden, aber sie begann zu eitern, das Pferd lahmte und musste eingeschläfert werden.

So arbeitete Heiko weiter mit dem Araberhengst »Prinz von Avalon«.

*

Eine alte Tradition blühte auf und ist immer noch weltbekannt: die Galopprennbahn in Iffezheim bei Baden-Baden. Hier finden nicht nur Pferderennen statt, sondern auch Konzerte, Messen und Veranstaltungen.

Dazu gehörte auch eine Stallung mit etwa 80 Stellplätzen für Pferde. Plus Sattelboxen.

Peter, der sein Abitur anstrebte, wollte sich etwas Taschengeld verdienen und kam jeden Nachmittag nach der Schule her, um zehn Ställe auszumisten. Er war vernarrt in Pferde, doch seine Eltern konnten sich weder ein solches Tier noch seine Reitstunden leisten. Deshalb hoffte er, irgendwann selbst einmal genügend Geld zu haben, um das teure Reithobby verwirklichen zu können. Doch bis es so weit war, begnügte er sich mit seinem Aushilfsjob und genoss es, wenn er einige der Pferde striegeln oder sogar an der Longe führen konnte. Aber zu seinen Aufgaben gehörte es auch, den Hof zu fegen und sauber zu halten. Nur ausreiten, das durfte Peter nicht.

Regelmäßig kamen die Reiter, um zu trainieren, oder die Besitzer der Pferde für einen Ausritt.

Darunter befand sich auch Heiko, ein 28-jähriger hübscher junger Mann. Sein Vater war Raumausstatter und besaß einen größeren Laden. Doch mehr wusste Peter nicht über diese Familie.

Heiko war schlank und deshalb schön anzusehen in seiner enganliegenden Reiterhose. Die engen

Stiefel blitzten wie ein nackter Affenarsch. In sein volles braunes Wuschelhaar hätte man am liebsten mit beiden Händen reingreifen wollen. Er hatte dunkelbraune Augen mit schönen langen Wimpern und dunkelbraune Brauen. Und er machte Peter schöne Augen, zwinkerte ihm zu, begrüßte ihn, lachte und scherzte mit ihm. Sein Pferd war ein brauner feuriger Araberhengst.

Eines Tages war »Prinz von Avalon« draußen angebunden und Heiko legte die Satteldecke und den Sattel auf dessen Rücken. Danach kam er noch einmal in den Stall und wollte etwas holen. Sein Blick fiel auf Peter, der mit einer Gabel am Ausmisten war. Heiko drehte sich um und schloss die Tür des Stalls ab.

Dann ging er auf Peter zu und streichelte ihm behutsam übers Gesicht. Er näherte sich, bis sich ihre Wangen berührten und Peter jeden Wimpernschlag spüren konnte. Er sagte kein Wort und blieb regungslos stehen.

Heiko pikste ihm frech in den Bauch, Peter musste lachen und machte einen Schritt nach hinten. Dabei stolperte er und fiel rücklings in einen Strohballen.

Heiko sah auf ihn herab, ein paar innige Sekunden, dann kniete er sich neben Peter, fuhr ihm sanft durchs Haar und legte sich neben ihn ins Stroh.

»Wie alt bist du?«, fragte er.

»Schon achtzehn«, gab Peter zurück.

Mehr redeten sie nicht, denn eine große Welle der Lust durchströmte ihre Körper und sie gaben sich einander hin. Ihr Stöhnen unterdrückten sie, damit sie niemand hören konnte.

Als Peter aufstand, spürte er seine weichen Knie. Er benötigte eine Weile, um wieder richtig zu sich zu kommen. So eine spontane Leidenschaft hatte er noch nie erlebt.

Rasch wischte er sich das Stroh von der Kleidung, nahm seine Gabel und mistete weiter den Stall aus, als ob nichts geschehen wäre.

Heiko blinzelte ihm zu, ging hinaus, stieg auf das Pferd und ritt davon. Wie der Prinz auf dem weißen Schimmel.

Aber nein, sein Pferd war ein brauner feuriger Araber.

Auf jeden Fall gab es nicht nur eine Wiederholung, und Peter durfte ab und zu mit ausreiten.

Mango und Sory

1980 in Kenia. Zwei dunkelhäutige junge Männer verliebten sich ineinander. Schon in der Schule merkten es die anderen und belustigten sich wegen der beiden.

Dann gestanden sie ihren Eltern, dass sie sich liebten.

Mango lebte bei Mutter und Vater. Sie hatten ein Fischfang-Unternehmen mit mehreren Schiffen.

Der Vater flippte völlig aus und schrie: »Möchtest du unsere Familie in Schande stürzen? Möchtest du unsere Sippe in Schande stürzen? Wir werden mit Steinen beworfen. So etwas gibt es nicht, dass sich zwei Männer lieben. Meine Firma, die ich mit eigenen Händen und harter Arbeit aufgebaut habe – für dich –, die wird in Konkurs gehen. Ich werde dich sofort in ein Internat schicken, weit, weit weg von hier.«

Sory hatte nur noch die Mutter. Sein Vater war nach Sorys Geburt abgehauen und sendete eines Tages eine Postkarte aus Paris. Mehr wusste er nicht von ihm.

Als Sory seiner Mutter erzählte, dass er Mango sehr liebte, schrie auch sie: »Möchtest du unsere Familie in Schande stürzen? Möchtest du unsere Sippe in Schande stürzen? Wir werden mit Steinen beworfen.«

Sie rief ihren Bruder an und bat ihn, dass er sofort kommen solle, Sory sei verrückt geworden.

Die Mutter und der Bruder besprachen sich, was zu tun sei. Was konnten sie mit Sory machen? Er war vom bösen Geist in Besitz genommen worden, er war vollkommen verrückt, er musste zu einer Wunderheilerin gebracht werden.

Sie packten ihre Koffer, reisten zu dritt quer durch Kenia und suchten eine Wunderheilerin auf. Sie sollte Sory wieder gesund machen und auf den rechten Pfad der Tugend bringen.

Sie versuchten alles Mögliche – Sory wurde gefoltert und ausgepeitscht, er wurde in ein Loch eingegraben, bis nur noch der Kopf herausschaute. Er bekam Elektroschocks, und es wurden noch viele andere grausame Mittel angewendet, damit das Böse aus ihm entwich.

Schließlich – so wurde es erzählt – legte die Wunderheilerin ein Rosenblatt in einen Eimer mit Wasser. Das Blatt versank und blieb am Boden liegen. Dann legte sie einen Stein ins Wasser. Dieser schwamm an der Oberfläche.

Die Wunderheilerin sagte, das Problem läge nicht an Sory, das Problem läge bei der Mutter. Also wurde diese ausgepeitscht und eingegraben. Sie wurde sogar in ein Fass mit Jauche gesteckt. All das Böse sollte abfallen oder verschwinden. Tagelang wurden Rituale ausprobiert. Sogar ein Regentanz wurde organisiert. Doch Sory war immer noch nicht geheilt.

Die Mutter, ihr Bruder und Sory verließen die Wunderheilerin, nachdem sie ihr trotz der vergeblichen Bemühungen viel Geld bezahlen mussten.

Sie stiegen in den Bus, durchquerten das Land und suchten einen Medizinmann auf. Dieser versuchte, eine Heilung mit traditioneller afrikanischer Medizin zu erreichen. Diese beruhte auf der Basis subtiler Schwingungen von Kräutern, Wurzeln und vielen anderen Substanzen.

Auch dies half nicht.

Also fuhren sie in den Norden nach Subsahara-Afrika. Dort wurde Sory eine arabisch-muslimische Medizin verabreicht.

Danach fuhren sie nach Nigeria zu einer Wahrsagerin. Sie konnte anhand von Frischwasser-Krabben die momentane Lage deuten.

Danach begaben sie sich nach Äthiopien zu einer Geisterheiligen. Mit ihrer Kräuterkunde war sie zuständig für Depressionen, Angststörungen und psychische Erkrankungen. Sie konnte aber auch Geschlechtskrankheiten mit Handauflegung heilen.

Danach fuhren die drei in den Sudan zu einer berühmten Geburtshelferin. Sie wurde den richtigen Hebammen vorgezogen, da sie angeblich profunde Kenntnisse besaß.

Danach fuhren Sie zu einem Arzt, der Genitalverstümmelungen bei Frauen durchführte. Sein professioneller Rat wurde eingeholt.

In Mosambik gab es noch eine christliche Mission. Auch dort wurde um Rat gefragt und um Hilfe bei der Bewältigung dieses schwerwiegenden Problems gebeten.

Hernach suchten sie einen Gesundheitshelfer mit heidnischem Aberglauben auf. Dieser warf die zwei

Hälften einer Walnussschale in die Höhe und begutachtete, wie sie herabfielen. Ob sie sich »anschauten« oder in »Löffelchenstellung« lagen.

Dann wurde eine Hexe in Kenia aufgesucht. Sie kannte sich aus in der Pflanzenheilkunde für Nervenkranke und kochte eine Suppe mit 120 Kräutern. Die Brennnesseln waren noch die angenehmsten.

In Südafrika gab es ebenfalls einen bekannten Heiler, er hieß Kwa-Mhlangare. Er untersuchte Sory auf Parasiten und Geschlechtskrankheiten sowie auf Gift im Körper.

Danach wurde ein selbsternannter »Wettergott« aufgesucht. Dieser untersuchte Sory auf Malaria oder sonstige epidemische Krankheiten bis hin zur Pest.

Sogar einen Zauberer suchten sie auf. Er hatte spirituelle Fähigkeiten und prüfte, ob verärgerte Urahnen oder übertretene Tabus bei Verstorbenen vorlagen.

Im westafrikanischen Luo wurde Sory von einem Medizinmann untersucht, ob er unfruchtbar sei.

Dann gingen sie zu einer Hellseherin, die mit dem Auflegen ihrer Hände und Herunterleiern von Beschwörungen Heilung versprach. Sie versuchte, einen Weg zu mystischen und kosmischen Quellen zu finden. Aber manches Mal wird die Ursache nicht so einfach erkannt. Und für die Kontakte in der Geisterwelt ist oft ein Opfer erforderlich. So hatte auch sie trotz ihrer stundenlangen Zauber- und Beschwörungszeremonie keinen Erfolg.

Manche Dinge werden mit Schröpfen behandelt oder durch Fasten, manche mit Diäten und Kräuterkuren. All dies wurde versucht, es wurde nichts ausgelassen, um Sory zu helfen und ihn auf die richtige Lebensbahn zu bringen.

Er musste die Prunus africana essen, die afrikanische Pflaume zur Blasen-Entleerung. Sie lindert die Entzündung der Harnröhre, falls vorhanden.

Auch Drogen wurden Sory gegeben, und Tiere wurden eingesetzt, um die Krankheit zu verlagern. Es wurde ihm ein Kräuterbrei um die Geschlechtsteile geschmiert, damit er gesundet.

Manche Krankheiten muss man auch mit Erbrechen und Übelkeit angehen. Manche Krankheiten wurden angeblich geheilt durch Trinken eines Absuds, der aus Insekten, Larven, Käfern, Spinnen und Ungeziefer bestand. Aus der Bucht von Benin war bekannt, dass die Eingeborenen das Fett der Abgottschlange nutzten und gute Ziele dadurch erreichten. Allerdings tranken sie das Fett, das auch gut zum Einreiben bei Gicht und Rheuma wäre.

Die Milchzähne von Sory wurden gezogen – vielleicht war das endlich die Lösung und er wäre geheilt?

Wie könnte man den bösen Blick aus dem kranken Sory noch aussaugen?

Die Mutter und der Bruder diskutierten über Genitalverstümmelung.

Doch nun schrie Sory auf: »Seid ihr eigentlich noch ganz bei Trost? Seid ihr noch bei Sinnen?«

Er wollte nur noch nach Hause.

»Aber nein«, erwiderte seine Mutter, es seien noch nicht alle Methoden versucht worden, um Sory zu heilen und die bösen Geister auszutreiben.

Man musste jetzt die Götter und die Ahnen milde stimmen. Hierzu gab es einen Geistlichen, und der wurde aufgesucht. Die dualistische Natur von Körper und Seele, Materie und Geist, dies sollte ihn heilen.

Der wechselseitige Einfluss wird mit Hilfe eines Voodoo-Rituals übertragen, durch eine sogenannte »extrasensory trojection«, einer übersinnlichen Beeinflussung. Das sind Fälle, in denen die Gestorbenen die Lebenden belästigen und Krankheiten verursachen. Hier verordnen die Heiler einen Freikauf oder ein Entschädigungsopfer, um die Verstorbenen zur Ruhe zu bringen, damit sie die Lebenden und somit Sory nicht mehr stören können und endlich in Ruhe lassen.

Die *!Kung* im südlichen Afrika glauben, dass der Große Gott Huwa alle Dinge geschaffen hat und über Tod und Krankheit bestimmen kann. Huwa gewährt manchen Heilern mystische Kräfte, um Krankheiten zu heilen und zu besiegen.

So vergingen viele Jahre der Ungewissheit und des Kampfes.

Doch die Mutter war unbelehrbar und sagte immer wieder zu Sory: »Ich habe dir das Leben geschenkt, bitte, bitte, überschütte mich nicht mit Schande.«

Sie steigerte sich derart in ihren Kampf gegen

Sorys »Krankheit« hinein, dass sie eines Nachts einen Schlaganfall erlitt. Am nächsten Morgen wurde sie schwerkrank im Bett aufgefunden und musste sofort zum Arzt gebracht werden.

Der Arzt verschrieb Bettruhe, und sie lag mehrere Wochen im Krankenhaus, bis es ihr wieder so weit gutging, dass sie im Rollstuhl das Krankenhaus verlassen konnte.

Dann nahmen sie einen Bus und fuhren nach Hause.

Die Mutter versuchte, etwas im Haushalt zu helfen, aber das meiste machte Sory. Außerdem flickte er Fischnetze. Er hatte nichts anderes gelernt.

Wie ging es Manga in dieser Zeit?

Er hatte die Uni mit Bravour und Auszeichnung abgeschlossen und stieg ins elterliche Unternehmen ein. Sie hatten nun 7 Schiffe, die jeden Tag voll waren mit Fischen. Diese wurden verkauft und in Lastwagen verteilt. Mango brauchte nicht nachts mit aufs Meer hinausfahren.

Er trug einen Anzug und saß im Büro zusammen mit seinem Vater. Beide an ihren Schreibtischen. Der Vater war mächtig stolz auf seinen Thronfolger und Universalerben dieses Unternehmens.

Der Sohn hatte selbstverständlich eine Frau und ein kleines Kind.

Auch Sory lernte ein Mädchen kennen. Eine weiße hübsche Frau. Eines Nachts nahm sie ihn mit nach Hause und wollte mit ihm ins Bett gehen.

Sory traute sich anfänglich nicht aus Scham. Aber sie zeigte ihre weiblichen Sinne und umgarnte ihn so lange, bis sie im Bett landeten. Und dort stellte das blonde weiße hübsche Mädchen alles an, was man anstellen kann, damit Sory ein leidenschaftlicher Liebhaber wurde. Aber nein, es regte sich nichts bei ihm. Er musste an Manga denken. In seinem Kopf hatte er nur Bilder von Manga. Er liebte ihn immer noch. Er begehrte ihn.

Er wusste in diesem Moment, dass all seine Ärzte und Heiler nichts bezweckt hatten. Sie konnten die Liebe zu Manga nicht auslöschen.

Das Mädchen fragte ihn, was los sei.

Und er sagte ihr klipp und klar: »Ich liebe jemand anderes. Ich liebe einen Mann.«

Er stand auf, zog sich an und verließ mit Tränen in den Augen die Wohnung und das Mädchen.

Am nächsten Morgen sagte Sory zu seiner Mutter, die sich schon freute, dass er endlich eine Freundin hätte und es bald Enkel geben würde:

»Frauen sind nichts für mich.«

Bestürzt rief seine Mutter: »Geh und lass dich nicht mehr blicken. Du solltest mehr beten, denn der Glaube an Gott löst alle Probleme. Aber du bist ein undankbarer Ungläubiger!«

Verzweifelt wollte Sory mit Manga reden, aber jedes Mal, wenn er aufs Firmengelände kam, packte ihn Mangas Vater am Hals und warf ihn von seinem Grund und Boden.

Irgendwann brachte Sory den Mut auf und besuchte seinen Freund zu Hause. Er wurde ins Haus eingelassen, und er lernte Mangos hübsche Frau und das Kind kennen. Sory spielte mit dem Kind und unterhielt sich eine Weile mit der Frau.

Doch dann sahen sich Sory und Mango an, ihre Blicke reichten voll und ganz aus.

Mango stand auf, packte den Koffer, und sie stiegen ins Auto. Nur Sory und Mango. Sie fuhren los, und Mango ließ Frau und Kind alleine zurück.

Bis heute weiß kein Mensch, wohin sie gefahren sind. Sie haben alles zurückgelassen: Familie, Unternehmen, Frau und Kind.

Sie fuhren in eine ungewisse, neue Zukunft in Zweisamkeit. Und wir hoffen, dass auch nach 20 Jahren diese Liebe nicht erloschen ist.

Diese Geschichte beruht auf einer wahren Begebenheit.

Sie ist mit dem Wunsch verbunden, dass jeder auf dieser Welt unbesorgt leben und lieben darf.

Sexbomb im Supermarkt

Der Supermarktverkäufer Tom hat mir schon immer gefallen. Wie der aussieht, wie ein junger Gott.

Heute will ich wieder in den Supermarkt, obwohl ich eigentlich nichts brauche, nur wegen dieses attraktiven Sahnetörtchens. Ich fahre extra an drei Märkten vorbei, nur um das sexy Bürschchen zu sehen.

Wie er wieder ausschaut in seinen knackigen Jeans, die so eng sind, dass man sogar die Blutäderchen auf den Waden erahnt. Er trägt keine Strümpfe, aber geile Adidas-Turnschuhe, und dazu das geile T-Shirt – ich muss die Luft anhalten.

Er steht vor dem Spaghetti-Regal. Soll ich mir ein Päckchen holen? Aber ich habe schon 28 Päckchen zu Hause liegen. Egal – also los!

Ich halte die Luft an, blicke ihn von der Seite aus an, diesen jungen Gott, den Mann meiner Träume. Was hatte ich schon schlaflose Nächte wegen dieses Hercules' – seine schwarzen Lockenhaare, die Augenbrauen, die Wimpern, und garantiert ist er behaart am ganzen Körper.

Ich sage: »Darf ich mal …«

Und er macht einen Schritt zur Seite.

Ich glaube, er hat mich bemerkt, er lächelt mich an. Mein Gott, er hat mich angelächelt! Ich glaube, ich falle in Ohnmacht – Sanitäter, Rotes Kreuz, Notarzt, wo seid ihr alle? In diesem Augenblick, wo ich euch brauche, ist natürlich keiner da.

Alleine dieses Parfüm – ach je, riecht das gut –, das könnte auch ein Toilettenduftstein sein, wär mir egal, es riecht fantastisch. Ich glaube, er hat mich an meiner Bluse berührt, die werde ich nie mehr waschen.

Soll ich ihn nach einem Spaghetti-Rezept fragen? Soll ich fragen, was *er mag*? Spaghetti Carbonara oder Spaghetti Bolognese oder Spaghetti mit Knoblauch oder Spaghetti-Salat.

Egal, was er sich wünscht, ich koche es und dazu gibt es ein Glas Rotwein. Und wenn wir dann den Abwasch machen, verführe ich ihn und reiße ihm die Kleider vom Leib, bis er splitternackt vor mir steht und mich auf dem Herd oder auf dem Küchenboden verwöhnt – ich kann es jetzt schon spüren.

In dem Moment fährt mir jemand mit dem Einkaufswagen in die Fersen.

Ich drehe mich um und möchte die Person anschreien: »Sind Sie noch ganz bei Trost?«

Aber mir bleiben die Worte im Hals stecken, denn es ist *er* – Tom!

Er entschuldigt sich höflich, und ich sage: »Ach, macht gar nichts.«

Obwohl ich das Gefühl habe, als wäre der Fuß ab. Tränen steigen mir ins Gesicht, ich könnte laut losheulen.

Aber ich lasse mir natürlich nichts anmerken.

Er geht zum Pudding-Regal und ich folge unauffällig. Vielleicht sollte ich einen Schokopudding kaufen. Ich hasse Schokopudding, davon bekomme ich Blähungen, außerdem habe ich bereits 38 Päckchen zu Hause.

An seinen muskulösen Armen merkt man, dass er im Sportstudio Gewichte stemmt. Ich habe ihn schon mit hochgekrempelten Hemdsärmeln gesehen. Ach Gott! Was besitzt er doch für herrliche Bizeps und Trizeps. Kräftig und garantiert hart wie Stahl.

Apropos hart! Ich stolpere gerade über eine Bananenschachtel, fliege darüber und lege eine vollendete Bauchlandung hin. Mitten im Laden.

Aber Tom rennt herbei und hilft mir auf die Beine.

Ach je, dieser Blick und diese starken Arme. Ich habe mir immer gewünscht, in diesen starken Armen zu liegen, morgens neben diesem Traummann aufzuwachen und in seine braunen Augen zu schauen – oder sind sie grün?

Er lächelt mich an, er stellt mich auf die Beine. Ich bin völlig durcheinander, nicht mehr bei Sinnen, gänzlich umnachtet. Aber schön war's. Vielleicht sollte ich noch einmal über die Bananenkiste fallen?

Da fällt mir ein Blondinen-Witz ein. Eine Blondine sagt zur Freundin: »Jetzt falle ich gleich auf die Fresse.« Da sagt die Freundin: »Weshalb denn das?« Die Blondine antwortet: »Weil da vorne eine Bananenschale liegt.«

Ich muss mich zusammenreißen und gehe weiter. Nichts anmerken lassen, die Leute schauen mich schon an und denken vermutlich: »Oje, ist die behämmert?«

Wo ist Tom? Ich habe ihn aus den Augen verloren. Hilfe! Ach, da steht er bei den Marmeladegläsern.

Ich strebe jetzt dorthin, nehme all meinen Mut zusammen und will fragen: »Darf ich mal?«

Aber so weit kommt es nicht. Denn *Nutella* hat Jubiläum. Deshalb wurde eine Pyramide aus 1.950 Gläsern Nutella gebaut. Entsprechend dem Gründungsjahr.

Ich schwöre beim heiligen Augustiner-Bräu, entweder hat sich mein Wagen selbstständig gemacht oder ich wurde angerempelt. Ein kleiner Tatsch mit einer Wahnsinnsauswirkung. Es scheppert, als sei eine Bombe im Laden explodiert.

1.950 Nutella-Gläser stürzen zusammen – ein gewaltiger Krach, und alle Leute glotzen mich an.

Ich packe meinen Wagen und gehe zielstrebig in die andere Richtung. Damit kein Mensch vermuten würde, dass ich das war. Meine Fußspuren verraten mich allerdings.

Aber da rennt Tom herbei mit einem Besen, einem Kehrwisch und einer Schaufel. Ach je, wie er sich niederkniet. Ein Rücken wie ein Stier, und diese Konturen, diese ausgebildete Rückenmuskulatur, das bewundernswerte Kreuz, als hätte er fünf Wirbel mehr als andere Männer, und dann dieser knackige Arsch. Von zehn Punkten hat dieser Adonis mindestens zwölf verdient. Der absolute Wahnsinn! Beim nächsten Mal lasse ich eine Flasche Wein fallen, nur um diesen Anblick genießen zu können.

Er fährt mit dem Besen in die Nutella-Scherben-

Pfütze (ist etwas untertrieben), dann merkt er, dass der Besen voller Schokolade ist – wie gerne würde ich den jetzt abschlecken (nicht den Besen). Tom wirkt etwas tollpatschig und unbeholfen. Er holt einen Eimer mit Wasser.

Ich verstecke mich hinter einem Regal und beobachte ihn, dieses Meisterwerk von Mannsbild – Michelangelo hätte ihn nicht schöner modellieren können.

Er taucht den Putzlappen in das heiße Wasser und verbrennt sich.

»Hi, hi, hi«, kichere ich vor mich hin.

Eine Frau klopft mir auf die Schultern und fragt: »Suchen Sie etwas? Kann ich Ihnen helfen?«

Ich bin total verwundert über diese Frage. »Natürlich nicht«, sage ich. So eine dumme, blöde Kuh, denke ich und verdrehe innerlich die Augen. Sie soll doch nach ihrem eigenen Kram gucken.

Ich glaube, heute hat mich Tom zum ersten Mal registriert und wahrgenommen. Das wurde aber auch mal Zeit! Doch leider ist nun auch der halbe Laden demoliert und ramponiert.

Ich schrecke auf, denn es erfolgt die Durchsage: »Kasse 4 bitte besetzen!«

Tom lässt das Wasser stehen und den Putzlappen fallen und rennt zur Kasse.

Ich natürlich auch, nichts wie hinterher, ich habe genug für heute eingekauft. Zu Hause könnte ich einen Tante-Emma-Laden eröffnen, oder falls der 3. Weltkrieg ausbräche, hätte ich genug Lebensmittel, um diesen 30 Jahre lang zu überleben.

Vor mir steht ein junger Mann. Er himmelt Tom maßlos an.

Ich glaub, ich spinne, hat der noch alle Tassen im Schrank? Die vernaschen sich ja fast mit den Augen. Das ist kein Flirten mehr, das ist Sex in der Öffentlichkeit, was die beiden machen. Und dann tauschen sie noch die Telefonnummern aus. Und lächeln und grinsen sich an.

Bis ich an der Reihe bin, sage ich zu mir: »Bewege dich jetzt ganz normal und ganz natürlich.«

Was in dem Moment natürlich nicht klappt. Mir fällt vor lauter Aufregung die Geldbörse aus der Hand, und alle, die hinter mir in der Reihe stehen, liegen nun auf dem Boden und suchen das Münzgeld zusammen.

Ich bedanke mich höflich bei jedem Einzelnen und halte die Geldbörse hin, es waren zirka zwölf Leute.

Hoffentlich habe ich mein ganzes Geld wieder, nicht dass einer einen Euro eingesteckt hat. Hätte ich doch lieber mit der Karte bezahlt.

Plötzlich scheint es mir, als hätte mich Tom angelächelt. Oder angegrinst? Oder die Augen verdreht und gedacht, du alte Schachtel?

Ich gehe zum Parkplatz und belade mein Auto. Auf einmal kracht das Netz mit den Orangen. Jetzt muss ich auch noch zwanzig Orangen nachrennen. Mein Einkaufswagen tatscht in der Zwischenzeit auf ein anderes Auto – wirklich nur ganz leicht.

Ich schwöre, der Kratzer war schon vorher im Lack.

Kein Mensch hat es gesehen, also schiebe ich meinen Einkaufswagen – als wenn nichts gewesen wäre – zu meinem Auto, lade meine Sachen in den Kofferraum und bringe den Wagen zurück.

Als ich aus der Parklücke fahre, berühre ich noch zwei Autos. Aber das war wie ein Hauch. Das würde keiner bemerken.

Ich fahre nach Hause und muss mich erst einmal beruhigen. Mit einem Sekt. Ich öffne eine Flasche, kein Piccolo, und schenke mir ein. Proste mir zu.

»Beatrix«, sage ich laut zu mir, »du darfst dich nicht so in die Männer vergucken.« Ich trinke das Glas aus. »Vor allem solltest du endlich darauf achten, nicht immer wieder auf die schwulen Männer hereinzufallen.«

Immer und immer wieder ist es das Gleiche mit mir, die ziehen mich an wie das Licht die Motten. Das muss aufhören. Mit meinen 87 Jahren sollte ich endlich einmal gescheiter werden.

Eine Woche später stehen zwei Männer in Polizeiuniform vor der Tür.

Kommen jetzt die Stripper, die mir der Strickverein versprochen hat? Denn ich stehe auf Männer in Uniform – schon immer.

»Hallo«, rufe ich beschwingt, »Sie kommen gerade recht. Ich habe eine Flasche Sekt offen. Möchten Sie ein Gläschen, bevor Sie loslegen?«

Sie schauen mich verdutzt an. Und ich stelle fest, sie sind nicht jung und auch nicht knackig.

Einer der beiden überreicht mir einen Brief.

»Eine Vorladung aufs Revier«, sagt er in sachlichem Ton. »Wir möchten Ihnen Videoaufnahmen zeigen, die aus dem Supermarkt und vom Parkplatz stammen.«

Na ja, mir bleibt wohl nichts anderes übrig, als mich den Behörden zu stellen.

In der Hoffnung, dass sich wenigstens auf dem Revier ein paar hübsche, nette junge Polizisten um mich kümmern werden.

Schattenseele

Der 20-jährige Dominic hat einen Fetisch. Ihn fasziniert sein eigenes Spiegelbild. Es macht ihm nicht nur Spaß, mit einer Polaroid-Kamera Bilder von sich zu machen, sie an die Wand zu kleben und sie ständig zu betrachten, nein, er nutzt sogar jede Gelegenheit, sein Spiegelbild in großen Schaufenstern zu suchen. Oder auch in der glatten Wasseroberfläche eines Sees, den er regelmäßig aufsucht. Und während er sich betrachtet, kommt stets eine unergründliche Sehnsucht in ihm auf. Als fehle etwas an seiner Seite.

Dominics Mutter starb bei seiner Geburt, so haben es ihm seine Großeltern erzählt. Das war Mitte der 50er-Jahre. Deshalb wuchs er bei seinen Großeltern in Oberderdingen auf, einem kleinen Ort in Baden-Württemberg. Sein Großvater ist vor einigen Jahren gestorben.

Als die Oma, die er seither pflegt und hegt, auf dem Sterbebett liegt, übergibt sie ihm einen Stapel Briefe, die sie ungeöffnet aufbewahrt hat.

Kurz darauf stirbt auch sie und Dominic überlegt, ob er die Briefe öffnen darf. Aber ja doch, die Oma hat ihm diese Briefe als Erbe oder gar als eine Nachricht überlassen.

Er öffnet den ersten Brief und entdeckt ein lang gehütetes Familiengeheimnis: Seine totgeglaubte Mutter lebt.

Rasch öffnet er alle Briefe und erfährt, dass seine

Mutter darum gebeten hat, wieder zur Familie zurückkommen zu dürfen. Sie bittet auch um Ablass der Sünden. Sie entschuldigt sich, sie fleht geradezu, damit man ihr verzeiht.

Was sie wohl so Schwerwiegendes getan haben mochte?

Dominic überprüft die Absender-Adresse, aber dort lebt seine Mutter nicht mehr. Also steigt er auf sein Motorrad und fährt in den Ort bei Heilbronn, wo er versucht, über das Bürgermeisteramt an die neue Adresse der Frau zu gelangen. Tatsächlich kann ihm jemand nach langer Suche in alten Akten Auskunft geben.

Nun weiß er, wohin seine Mutter gezogen ist: Nach Güglingen.

Dominic schmeißt sich auf das Motorrad und fährt nach Güglingen, wo er nach einigem Hin und Her endlich ihre Adresse erhält.

Als er vor dem Anwesen am Ortsrand anhält, ist er erstaunt über das alte Fachwerkhaus, das wie ein Hexenhäuschen aussieht. Lange steht er davor, bis er endlich läutet.

Sie macht die Tür auf und ihr fragender Blick trifft ihn tief ins Herz.

»Mutter!«, stößt er aus. Ja, auf Anhieb weiß er, dass diese Frau seine Mutter ist. »Ich bin Dominic.«

»Mein Gott!«, ruft sie aus. »Komm rein!«

Sie geht vor ihm her, bittet ihn, sich in der Wohnküche an den Tisch zu setzen und kocht einen Tee.

Dominic wartet, bis sie sich zu ihm setzt, dann fragt er: »Weshalb hast du uns verlassen?«

Da beginnt seine Mutter zu erzählen:

»Weißt du, mein Junge, es war eine seltsame Zeit, damals, nach dem Krieg. Der Aufschwung, die Fröhlichkeit, die neue Musik aus Amerika, viel Alkohol. Das lockere Leben packte auch mich. Mit Freundinnen ging ich in verschiedene Tanzlokale, lernte tolle Jungs kennen. Meinen Eltern verriet ich nichts. Die hätten mich ja nicht mehr aus dem Haus gelassen. Ich war gerade mal achtzehn. Und damals noch minderjährig. Deshalb brauchten wir auch immer eine volljährige Person als Begleitung. Das war der Bruder einer meiner Freundinnen.«

Sie unterbricht ihre Beichte, aber Dominic schweigt. Wartet, bis sie weiterredet.

»Es kam wie es kommen musste. Ich ließ mich nicht nur mit einem Jungen ein und wurde mit zwanzig schwanger. Irgendwann konnte ich es nicht mehr verheimlichen. Du kannst dir vorstellen, dass das damals noch eine ziemliche Schande war. Wir lebten in einem Dorf. Jeder kannte jeden. Deshalb forderten meine Eltern, dass ich nach der Geburt den Ort verlassen sollte.«

»Und ich?«, fragt Dominic.

»Zunächst hätte ich dich mitnehmen sollen, aber dann entschied meine Mutter, dich zu behalten. Mich wollte sie loshaben, schon aus dem Grund, weil mein Ruf im Ort zerstört gewesen sei, wie sie meinte.«

Dominic fühlt, dass seine Mutter noch mehr auf dem Herzen hat.

»Ich will alles wissen«, sagt er.

»Ich kam also ins Krankenhaus, als es so weit war.« Sie trinkt einen Schluck Tee. »Doch bei der Geburt gab es Komplikationen, und weil bei einem Notfall ein Kaiserschnitt unter Vollnarkose vorgenommen wird, so geschah es auch bei mir. Als ich wieder zu mir kam und aufwachte, sagte der Arzt, ich hätte eine Totgeburt gehabt.« Ihr rollte eine Träne über die Wange. »Also packte ich meinen Koffer und ging fort.«

»Du glaubtest also die ganze Zeit, ich sei gestorben? Und mir wurde gesagt, du seist bei meiner Geburt gestorben. Weshalb haben die Großeltern uns so belogen?«

»Sie hatten wohl Angst vor einem Skandal. Obwohl, so nach dem Krieg gab es viele Kinder ohne Väter.«

Weil er kein Wort über die Lippen bringt, streift seine Mutter ihm sanft durchs Haar. »Es gibt da noch etwas, was ich dir sagen muss. Offenbar hattest du einen Zwilling. Der Arzt hat es mir gesagt. Deshalb die Komplikation bei der Geburt. Weil ich nie bei Untersuchungen gewesen war, wusste man vorher auch nichts davon.«

Dominic ist schockiert. »Lebte der auch?«

»Vermutlich war dieses Kind wirklich eine Totgeburt.«

»Oder die Großeltern haben es weggegeben. Zwei Kinder aufzuziehen, war wohl zu viel für sie. Falls mein Bruder leben sollte, kriege ich das heraus«, verspricht er seiner Mutter.

Dominic durchwühlt alles im Haus seiner Groß-mutter. Holt sämtliche Papiere hervor, die er finden kann. Schließlich stößt er auf ein Tagebuch, das schon viele Jahre nicht mehr benutzt worden ist.

Er liest es durch und erfährt, dass die Großeltern dem Arzt aufgetragen hatten, der Tochter nichts von den Kindern zu sagen, und sie den zweiten Jungen auf der Treppe des nahen Klosters abgelegt hatten.

Wieso haben sie Dominic in all den Jahren der-art angelogen? Er kann es nicht verstehen. Aber er begreift, weshalb er diese Leere neben sich gespürt hat und immer noch spürt.

Es ist ein heißer Nachmittag, als Dominic be-schließt, mit dem Motorrad nach Maulbronn an den See zu fahren, um sich zu erfrischen. Aber auch, Mut zu sammeln, um im Kloster vorzuspre-chen und nach dem Findelkind von vor zwanzig Jahren nachzufragen.

Was er dort erfährt, erschrickt ihn einerseits und verschafft ihm Hoffnung andererseits, den Bruder lebend zu finden. Er war in ein Waisenhaus im Schwarzwald gegeben worden, das unter klöster-licher Betreuung stand. Das Kloster liegt abseits eines Dorfes und wird von ein paar Mönchen be-wohnt. Das Waisenhaus existiert nicht mehr.

Noch am selben Tag macht Dominic sich auf den Weg und erkundet die Umgebung des Klosters, bevor er hineinzugehen wagt. Er entdeckt einen kleinen See, der ihn wie magisch anzieht.

Als er am Ufer sitzt, ganz in Gedanken vertieft, hört er Stimmen. Es sind acht Mönche. Sie ziehen unbekümmert ihre Kutten aus, werfen sie samt ihren Jesuslatschen beiseite und springen splitternackt in den See. Weit und breit ist kein anderer Mensch zu sehen.

Rasch versteckt sich Dominic hinter Büschen und beobachtet das fröhliche Treiben der Männer.

Dann entdeckt er einen, der ihm ähnlich sieht. Kann das sein?

In Überlegungen versunken, fährt er nach Hause, rasiert sich den Bart und die Haare ab.

Einen Tag später kehrt er zum See zurück. Doch keiner ist da, und ins Kloster zu gehen getraut er sich nicht.

So fährt er mehrere Wochen lang immer wieder zum Kloster, bis er endlich den jungen Mann, der ihm ähnlich sieht, alleine beim Basketballspielen erwischt.

Sie stehen sich gegenüber, und keiner kann so richtig glauben, was er wahrnimmt.

Zwei Männer, die sich wie Zwillinge gleichen. Mit einer Größe von einem Meter fünfundachtzig und kahlgeschorenem Kopf, gute Figur, die gleichen Augen, die gleichen Gesichtszüge.

Die Wiedervereinigung der Brüder hätte nicht intensiver sein können, wie das, was nun geschieht.

Vor Dominic steht nicht mehr nur das geliebte Spiegelbild, sondern eine exakte Kopie seines Ichs!

Von nun an treffen sie sich mehrmals heimlich. Dominic erzählt seinem Zwillingsbruder, dass ihre

Mutter noch lebt und fragt ihn, ob er sie kennenlernen möchte. Doch was er von seinem Bruder erfährt, kann er kaum verkraften.

Nach seiner Übergabe an das Waisenhaus geriet Daniel ins Blickfeld des Klosterabtes Bernhard, der ihn wenige Jahre später in seine Obhut nahm.

Doch er nahm sich seiner nicht nur an, sondern er sorgte dafür, dass Daniel in seine Abhängigkeit geriet.

Dabei hat alles ganz einfach angefangen. Der Abt vergöttert den heiligen Sebastian, zu dessen Attributen Pfeile gehören, die den Brustkorb durchbohren, während er am Kreuze hängt. Dieser heilige Sebastian steht im Kloster fünfmal in verschiedenen Größen und Darstellungen. Eine große Figur davon hängt in den Gemächern des Abts, der ihn regelrecht anhimmelt und anbetet. Nachdem der kleine Daniel in sein Waisenhaus gekommen war, glaubte der Abt, Gott hätte ihm einen heiligen Sebastian gesandt, einen jungen Gott, den er aufziehen darf und dem er den Glauben vermitteln kann, den er anhimmeln und vergöttern kann. Ein Junge wie der eigene Sohn? Ein Junge, der heranwachsen soll nach dem Ebenbild von ihm, dem Abt Bernhard?

Und – wie Daniel zugibt – hat er sich nicht gegen die späteren Annäherungen gewehrt, die weit über ein Vater-Sohn-Verhältnis hinausgingen. Vielleicht weil auch er niemanden sonst hatte und den Abt als Vaterfigur lieben gelernt hat.

Damit Daniel die Möglichkeit erhält, die Mutter

kennenzulernen, schlägt Dominic vor, für einen Tag die Rollen zu tauschen.

Daniel zieht die Motorradkleidung von Dominic an und geht zur Mutter.

Er muss sich beherrschen und seine Freude bedeckt halten, als er ihr erstmals gegenübersteht, denn sie weiß ja nicht, dass er der Zwilling ist. Aber irgendwie schafft er es, sich nicht zu verraten.

Bei Dominic wird es etwas komplizierter. Er zieht sich die Kutte an und geht ins Kloster, wo er schon sehnsüchtig erwartet wird.

»Wo warst du so lange?«, fragt ein Mönch.

»Ich wollte Pilze sammeln. Habe keine gefunden.«

»Beeil dich, geh zu Abt Bernhard, er wartet schon sehnsüchtig auf dich.«

Dominic gehorcht, und der Abt verlangt, dass er Wein holt.

Aber Dominic weiß nicht, wo der Wein versteckt ist, also rührt er sich nicht.

Der Abt sieht ihn lange an, schüttelt den Kopf und holt den Wein selbst aus einer großen Schatulle.

Er gießt zwei Gläser ein, stellt sich dabei mit dem Rücken zu Dominic und überreicht ihm ein Glas. Dass er ein weißes Pulver in eines der Gläser geschüttet hat, kann Dominic nicht ahnen.

Inzwischen wartet Daniel zur vereinbarten Uhrzeit auf Dominic bei einer alten Eiche im Wald am See.

Aber Dominic kommt nicht. Ob etwas passiert ist? Daniel wird ziemlich ungeduldig und weiß nicht, was er tun soll. Er ist ratlos und hilflos.

Soll er zum Kloster gehen? Soll er die Polizei rufen? Er wird immer ungeduldiger.

Schließlich hält er es nicht mehr aus, fährt in den nächsten Ort, sucht eine Telefonzelle und ruft die Polizei um Hilfe. Dann eilt er zum Kloster.

Er rennt durch die Gänge, bis in die Privatgemächer des Abts – und dort hängt Dominic an einem Kreuz. An mehreren Stellen ist sein Körper mit Pfeilen durchbohrt. Um den Kopf wurde ihm ein Schleier gebunden, damit soll er vermutlich aussehen wie eine Braut. Solche Schleier sind kennzeichnende Attribute der Heiligen im Christentum.

Vor dem Kreuz kniet der Abt, vertieft in ein Gebet. Er hat wohl nicht bemerkt, dass Daniel hereingeschlichen ist.

Daniel schnappt sich den Brieföffner, der auf dem Schreibtisch liegt, und sticht von hinten auf den Abt ein, ehe dieser reagieren kann.

Als die Polizei eintrifft, können sie nur noch den Tod von Abt Bernhard feststellen.

Für Dominic wird ein Notarztwagen gerufen, und er wird gerettet. Obwohl sechs Pfeile in seinem Körper steckten, war keiner lebensbedrohend.

Denn aufgrund des Betäubungsmittels, das der Abt ihm mit dem Getränk verabreichte, hat er ohne Gegenwehr die Folter über sich ergehen lassen können. Die Bewusstlosigkeit hat ihn am Leben erhalten.

Und gegen Daniel wird keine Anklage erhoben, er handelte ja aus einer Nothilfesituation heraus.

Einige Wochen später ziehen Dominic und Daniel zu ihrer Mutter in das kleine Hexenhäuschen bei Güglingen, die ihr Glück nicht fassen kann, plötzlich zwei Söhne zu haben.

Motorradclub Le Lyon

Es gibt sehr viele Motorradclubs auf der Welt.

Biker Union, Blue Knights, Dykes on Bikes, Gypsy MC, Iron Horses, Bandidos, Blue Angels, Bones MC, Devils Diclipes, Grim Repair, Hells Angels, Lobo, Rebels und so weiter.

Es gibt auch viele Motorradclubs in Deutschland. Und es gibt verschiedene Gay-Motorrad-Clubs, das sind schwule Motorradclubs. Viele Großstädte haben so einen Club.

Ich erzähle nun eine Geschichte von dem größten Gay-Motorrad-Club der Welt, und dieser befand sich in Lyon, Frankreich.

Dieser Club hatte 140 Mitglieder. Zum größten Teil waren es aktive Motorradfahrer, die aus ganz Frankreich zusammentrafen. Manche kamen sogar aus Marseille extra her, um bei den Ausfahrten dabei zu sein oder am umtriebigen Geschehen teilnehmen zu können.

Der Motorradclub in Lyon hieß *Le Lyon.*

Die Clubräumlichkeiten waren untergebracht in einem Gebäude an der Ecke Rue de Orliénas und Rue Bessenay.

Die Clubmitglieder trafen sich jeweils freitagabends, samstagabends und sonntagabends ab 20 Uhr.

Wenn die Männer mit ihren schweren Maschinen anfuhren, war das immer eine Augenweide. Die

Motorräder, egal ob Chopper oder Straßenmaschinen, waren schöne, teure Harleys, BMWs oder Kawasakis, aber auch Indian Scouts, Triumph-Motorräder oder wuchtige Gold Wings von Honda.

Der Sound, die Kraft der tollen V-Motoren, dazu die Typen in schwarzer Lederkluft mit den schweren Stiefeln. Es waren oft bärtige, kraftstrotzende Jungs, die da angedonnert kamen. Sie stiegen ab wie Kampfmaschinen und gingen stampfenden Schrittes dem Eingang zum Clublokal entgegen.

Das oberste Clubmitglied nennt man allgemein Präsident, das unterste ist der Anwärter oder Prospect, dazwischen gibt es den Sekretär, den Sergeant des Arms, einen Roadcaptain und andere. Es gibt Abzeichen, Pflichten, Verbote, Gesetze über die Motorräder, Club-Bedingungen. So war es auch bei *Le Lyon*.

Oftmals saßen vor dem Clublokal drei junge Burschen herum. Sie waren erst 17 bis 18 Jahre alt und wurden noch nicht in den Club reingelassen.

Der eine war Leon, er trug eine knallenge Jeans, schwarze Stiefel bis zum Knie, eine Bomberjacke, hatte eine Glatze und rauchte immer eine Zigarette.

Der zweite war René, er hatte eine Lederhose an, Turnschuhe, Motorradjacke und kam immer mit dem Mofa angerattert.

Der dritte war André, er trug Jeans, Springerstiefel und ein weißes T-Shirt.

Ab und zu ging die Tür auf und einer der Mitglieder brachte eine kostenlose Runde Cola raus oder eine Runde Bier. Ab und zu kam auch einer der Männer raus und rauchte eine Zigarette. Oder er unterhielt sich mit dem Junggemüse.

Ab und zu passierte auch mal mehr.

Wie an einem Sonntag. Als gegen 23 Uhr der Präsident aus dem Club kam. Sein Name war Cyrille, er deutete auf Leon und sagte: »Mitkommen.«

Leon stand auf und ging mit.

Cyrille hat eine schwarze Harley Davidson Road King mit grauen Streifen an der Seite. Er holte einen Sturzhelm aus der Seitentasche und gab ihn an Leon weiter. Dann setzte sich Cyrille auf die Maschine und machte eine Kopfbewegung, die bedeutete: »Nun kannst du hinten aufsteigen, Leon.«

Leon stieg auf und sie fuhren los. In eine Plattenbausiedlung, etwa 15 Minuten vom Stadtzentrum entfernt. Sie fuhren in die Tiefgarage, wo Cyrille seinen Stellplatz hatte. Beide stiegen vom Motorrad ab und zogen die Helme herunter.

Sie gingen zum Fahrstuhl und fuhren hoch. Es wurde kein Wort gesprochen.

Als sie in der Wohnung angekommen waren, holte Cyrille zwei Bier aus dem Kühlschrank und setzte sich breitbeinig auf das Sofa. Er gab Leon ein Klopfzeichen und dieser wusste, was zu tun war. Er kniete sich auf den Boden und leckte das Leder sauber. Zuerst die Stiefel, dann ging er immer weiter und höher und höher.

Das Spiel dauerte die ganze Nacht. Und irgendwann schlief Leon ein. Als er am nächsten Morgen aufwachte, war Cyrille schon weg bei der Arbeit. Er besaß eine Autowerkstatt in einem Vorort von Lyon.

Bei seinen Klamotten fand Leon einen Zettel: »Willst du das Ganze wiederholen? Dann komm heute Abend wieder vorbei – dusche aber nicht vorher.«

Leon blieb dem Motorradclub und Cyrille treu. Er kaufte sich ein Motorrad, nachdem er von seiner Oma eine kleine Erbschaft erhalten hatte. Cyrille und Leon betrieben den Motorradclub und öffneten sieben Tage die Woche. Nebenher hatte Cyrille noch seine Autowerkstatt. Doch abends war er bei Leon, der Vollzeit in der Bar arbeitete.

Ab und zu machten sie Ausfahrten auf dem Motorrad. Touren in die Provence und bis nach Marseille. Es verband sie eine innige und eine leidenschaftliche Freundschaft.

2004 bekam Cyrille die Diagnose Aids. Er nahm sich das Leben mit einem Sprung aus einem Hochhausfenster.

Es folgte eine beeindruckende, atemberaubende Beerdigung, bei der über tausend Motorräder an einer Stern- und Trauerfahrt teilnahmen. Die Motorradfahrer kamen aus ganz Frankreich und dem benachbarten Deutschland angefahren.

Leon betrieb die Bar alleine weiter und lernte drei Jahre später seinen neuen Freund kennen. Sie heirateten und mussten 2018 das Lokal schließen, weil es nicht mehr den neuesten gastronomischen Bestimmungen der EU-Richtlinien entsprach.

Wenig später übernahmen sie ein anderes Lokal und änderten es in ein Motorrad- und Lederlokal um.

Sie betreiben es noch heute.

Es brennt

Eigentlich war Hermann verheiratet und hatte eine Tochter, doch ab und zu brauchte er auch einmal einen Abend oder eine Auszeit für sich.

Er genoss es, aufs Motorrad zu steigen und loszufahren, die Zeit zu genießen, einfach den Kopf freizubekommen. Er war Steuerberater von Beruf, und er war Bi, das wusste aber niemand, nur er.

Ab und zu hatte er nebenher eine kleine Affäre. Manchmal ging es eine längere Zeit, manchmal war sie auch sehr kurzfristig. Er lernte die Männer entweder in der Waldbronner Schwimmbad-Sauna kennen oder in Stuttgart im SI-Centrum Schwabenquelle oder im Leuze-Bad oder in Bad Urach in den Alb-Thermen oder über die blauen Seiten. Möglichkeiten gab es zur Genüge. Wenn er jemanden kennengelernt hatte, gingen sie in ein Stundenhotel in der Stuttgarter City, das war die einfachste und schnellste Lösung.

Schwule waren für Hermann auch irgendwie eine Bedrohung, weil sie ihn an die eigenen Sehnsüchte erinnerten. Er versuchte, seine Sorgen und Probleme zu verdrängen, doch das ging nicht immer, und diese Sorgen suchten ihren eigenen Weg. Er war oft psychisch krank. Er hatte eine Frau und eine Tochter, seine Familie wollte er nicht verlieren. Sie hatten sich ein gemeinsames Haus aufgebaut – alles könnte doch so schön sein.

Wenn da nicht der Wunsch und die Sehnsucht

nach einem Mann wären. Sex mit einem geilen hübschen Mann. Hermann beispielsweise sah sehr gut und männlich aus. Er kam gut an, ob bei Frauen oder bei Männern.

Doch für ihn war es ein riskantes Spiel. Wie lange konnte er dieses Spiel noch spielen, bevor sie Verdacht schöpften?

Vor einiger Zeit war er im Sexshop am Bahnhof in Stuttgart. Dort gab es ein Gay-Kino, wo er den hübschen netten Boy Lukas kennengelernt hatte. Sie tauschten ihre Handy-Nummern aus und blieben in Kontakt.

Nun trafen sie sich im Stundenhotel in der Stuttgarter City. Hermann hatte für ein paar Stunden das Zimmer gemietet. Das kostete für die Nacht 100 Euro. Aber eine ganze Nacht konnte er nicht bleiben. Zu Hause hatte er gesagt, er wäre bei einem Geschäftsessen mit einem Mandanten.

Lukas, der hübsche sexy Boy, und Hermann, der gestandene Mann, hatten sich also im Zimmer getroffen und liebten sich sehr ausgiebig und intensiv. Sie merkten nicht, dass im 1. Stock des Hotels ein Feuer ausgebrochen war. Das Hotel war ein Altbau, deshalb gab es keine Sprinkleranlage, die losgeht, wenn es brennt. Oder eine automatische Abschaltung der Lüftungsanlage oder Klimaanlage, weswegen eine Brandausbreitung meist größer ist und dann mitten in Stuttgart zur riesigen Gefahr wird.

Erst als die Rauchschwaden am Fenster vorbeizogen und das Blaulicht der Feuerwehrautos kaum zu übersehen war, erst dann wurde es Hermann und Lukas bewusst, was eigentlich hier los war. Dass es brannte!

Und als die Flammen hochloderten, merkten sie, dass es im unteren Stockwerk brennen musste. Panik stand ihnen ins Gesicht geschrieben.

Hermann zog das gesamte Leben an seinem inneren Auge vorbei. *War es das jetzt? Sterbe ich hier im Feuer? Wird uns jemand retten? Was machen meine Frau und Tochter?* Es war furchtbar.

Schließlich stand das gesamte Hotel in Flammen. Ausgebrochen war das Feuer im Bereich der Abfallcontainer und der Anlieferzone. Innerhalb weniger Minuten und viel zu schnell hatte es sich auf das massiv gebaute Gebäude ausgebreitet.

Die Feuerwehr und Polizei hatten alle Hände voll zu tun, um das Feuer unter Kontrolle zu bekommen, aber es wurde immer mehr statt weniger.

Hermann hatte oben im 5. Stockwerk das Fenster eingeschlagen und wedelte mit einem weißen Bettlaken wild um sich. Dann sahen ihn die Feuerwehrleute. Es wurde eine Drehleiter hochgefahren. Dies alles dauerte seine Zeit.

Vor lauter Aufregung und Stress hatten sich Heman und Lukas nicht angezogen. Sie hatten nur ein Handtuch um den Lendenbereich gewickelt.

Die Kanzel der Drehleiter fuhr nach oben, ganz dicht an das Fenster heran. Lukas stieg zuerst hinein.

Der Feuerwehrmann half freundlich beim Einsteigen, dann sah er Hermann.

»Hermann, was machst du hier? Bist du schwul?«

Es war Manfred Faas, sein Klassenkamerad und bester Kumpel, der bei der Feuerwehr arbeitete.

Peinlicher ging es wahrlich nicht mehr.

Am nächsten Wochenende war Hermann mit Frau bei Manfred mit Frau zum Grillen eingeladen.

Hoffentlich hält er die Klappe, ging es Hermann durch den Kopf, als sie vor Manfreds Tür standen und klingelten.

Rasch gab er seiner Frau einen Kuss auf die Wange und kassierte einen erstaunten Blick von ihr.

Der Traum von Zeus

Ernst und Philipp sind beste Freunde und kennen sich aus dem Fitnessstudio im Sportzentrum.

Sie treffen sich fast jeden Tag und trainieren zusammen. Nach dem Training messen sie sich gegenseitig mit dem Maßband den Umfang von Brust, Bauch und der Bizeps und notieren es in ein Büchlein.

Philipp ist schwul und hat ein Auge auf seinen Kumpel geworfen. Ernst ist aber hetero und konzentriert sich auf die Uni und auf seine Freundin.

In einem Kreuzworträtsel gewinnt Philipp eine Reise nach Griechenland für zwei Personen. Er fragt mehrere Freunde, die jedoch nicht wollen oder können, und überredet schließlich nach langem Hin und Her seinen Freund Ernst, ihn zu begleiten.

Vierzehn Tage im Paradies.

Philipp hofft, dass diese Reise ihre Beziehung zueinander ändern wird, aber für Ernst ist das lediglich ein Erholungsurlaub und eine Bildungsreise.

Die ersten Tage verbringen die beiden im Hotel. Sie schwimmen im Pool und im Meer, sie albern herum und genießen das Nichtstun. Abends sind sie am Büfett und schlemmen.

Aber dann möchte Ernst doch einmal etwas von Land und Leuten kennenlernen. Sie schnallen sich ihren Rucksack um und erkunden zusammen die Insel.

Auf dem Weg unter der heißen Sommersonne geraten sie in ein menschenleeres Gebiet und verlaufen sich fürchterlich.

Sie laufen und laufen und laufen, bis sie ein Wäldchen erreichen. Sie haben keine Ahnung, ob sie sich total verirrt haben oder sich im Kreis drehen. Die beiden schwitzen, haben Hunger und sind fast am Ende. Ja, sie haben sich verlaufen und befinden sich in einer misslichen Lage.

Es fängt an zu dämmern und sie sehen in der Ferne ein Feuer brennen. Sie raffen ihre letzten Kräfte zusammen und marschieren dorthin.

Um das Feuer tanzt ein Männchen mit einer Balalaika und singt: »Gut, dass niemand weiß, dass ich Rumpelstilzchen stieß.«

Philipp und Ernst nähern sich vorsichtig dem zwergenhaften Mann, und Philipp fragt: »Wie heißt du denn?«

»Zeus«, antwortet das Männchen.

»Hast du etwas zu essen und zu trinken?«, will Ernst wissen.

Das Männchen namens Zeus bietet ihnen zwei Äpfel an und eine Flasche Schnaps und sagt dazu: »Wenn ihr das trinkt, wird sich euer Leben um 180 Grad wenden und ihr werdet andere Menschen sein.«

Philipp und Ernst lachen.

»Na klar, du geheimnisvoller Zeus«, erwidert Ernst.

Sie setzen sich ans Feuer, lachen, machen Scherze. Sie trinken den Schnaps, bis sie nur noch lallen.

Dann schlafen sie ein.

Sie träumen den gleichen magischen Traum, bei dem es heftig zur Sache geht. Aber das wissen natürlich nur die beiden. Ob sie je darüber reden werden?

Am nächsten Morgen wachen sie auf, und zwischen ihnen scheint sich etwas geändert zu haben.

Verbindet sie nun mehr als Freundschaft? Magie? Oder haben sie nur schlecht geschlafen? Wirkt der Alkohol noch nach?

Die Feuerstelle ist erloschen. Der Zwergenmann ist verschwunden und ihr Geld aus den Geldbörsen ist auch weg.

Aber die Kleidung und die Rucksäcke, die sind noch da.

Schweigend machen sie sich fertig für den Abmarsch, schnallen sich die Rucksäcke um und erblicken das Meer.

Am Meeresufer entlang laufen sie bis zum Hotel. Sie packen ihre Koffer und reisen sofort ab, obwohl der Urlaub noch nicht zu Ende ist.

Sie nehmen das nächstbeste Flugzeug. Der eine sitzt vorne in der Maschine, der andere hinten.

Von nun an trennen sich ihre Wege, und sie haben sich nie mehr gesehen.

Ernst ist schwul und Philipp hetero.

Gummistiefel

In Schleswig-Holstein gibt es einen kleinen Ort bei Lüneburg. Dieser heißt Bärendorf. Zwischen diesem Ort und Lüneburg gab es einen Aussiedlerbauernhof.

Wir schreiben das Jahr 1975.

Karl war 13 Jahre alt, als er nach der Schule das Fahrrad nahm und von Lüneburg in Richtung Bärendorf fuhr. Um auf den Hof zu gelangen, benötigte er etwa 15 Minuten. Er klingelte und fragte den Bauern, ob er einen Helfer gebrauchen konnte. Karl wusste nicht genau, wie er sich ausdrücken sollte. Als einen Aushelfer? Einen Knecht? Einen Saisonhelfer? Einen Erntehelfer?

Der Bauer lachte und sagte, egal, er solle reinkommen.

Karl durfte mithelfen. Jeden Mittag nach der Schule warf er seinen Schulranzen in die Ecke, nahm das Fahrrad und fuhr zum Bauern.

Er lernte, wie man einen Kuhstall ausmistet, und hatte bald für jede Kuh einen eigenen Namen. Am schönsten waren die jungen Kälber mit ihren Kulleraugen. Manche zog er mit der Flasche groß. Er fütterte die Schweine, versorgte die Hühner und holte jeden Tag die Eier. Es gab noch drei Hunde auf dem Hof, die immer herumtobten und Karl auf Schritt und Tritt verfolgten. Es gab auch noch einen Teich mit Gänsen und Enten.

Karl liebte jede Minute, die er auf dem Hof verbringen durfte. Er lernte viel und schnell. Er lernte alles über Ackerbau und Viehzucht.

Ganz besonders machte es ihm Spaß, Traktor zu fahren. Schon bald durfte er alleine aufs Feld fahren, um die Zuckerrüben zu ernten oder den Weizen, wofür er natürlich den Anhänger benötigte. Nach der Ernte durfte er die Felder mit dem Pflug schoren.

Der Bauer zeigte sich sehr zufrieden mit seinem jungen Helfer und gab ihm einen Aushilfsvertrag mit einem festen Stundenlohn.

Karl hätte sich nie im Leben vorstellen können, nach der Schule Werkzeugmacher oder Industriekaufmann zu werden wie seine Klassenkameraden. Er wollte Bauer werden. Alle rümpften die Nase und meinten, kein Mensch werde heutzutage noch Landwirt, man könne nicht in Urlaub gehen und müsse Tag und Nacht arbeiten, schon wegen der Tiere.

Doch Karl sagte: »Das ist mir egal!«

So absolvierte Karl eine duale landwirtschaftliche Ausbildung. Er strebte einen Abschluss als Techniker an und danach als Landwirtschaftsmeister oder sogar Fachagrarwirt.

Er lernte Schweinemast, Ackerbau und Geflügelzucht. Wegen des Milchviehs, das bereits morgens um 7 Uhr gemolken und abends um 18 Uhr noch einmal gemolken werden musste, wurden es lange Arbeitstage. Doch Karl liebte es. Bald schon hatte er sogar ein Zimmer auf dem landwirtschaftlichen Anwesen.

Die Zeit eilte dahin, und er arbeitete wie in einem Hamsterrad, bis er schließlich 24 Jahre alt war.

Irgendwann hatte er herausgefunden, dass er es liebte, in Gummistiefeln zu stecken. Das Quietschen beim Ausmisten, wenn er durch den Schlamm stapfte, oder wenn er im Winter durch den Schnee stampfte, natürlich hatte er dann dicke Socken an. Ja, er liebte es, ohne es in Worte ausdrücken zu können.

Als die alten kinderlosen Bauersleute starben, erbte Karl den gesamten Hof mit 32 Hektar Land. Er verdiente gut Geld und baute in der großen Scheune zwei Wohnungen ein, um »Ferien auf dem Bauernhof« anbieten zu können. Dies wurde sehr gut angenommen. Viele Familien aus ganz Deutschland machten Ferien auf seinem Hof. So konnten die Kinder bei ihm sehen und lernen, woher die Eier kommen oder die Milch.

Schon bald baute er einen Freilaufstall und kaufte sich drei Pferde, damit die Kinder ausreiten konnten. Aber auch er nahm sich zwischendurch gern eine Stunde frei, sattelte sich ein Pferd und ritt aus.

Trotz all dem Umtrieb und der vielen Gäste war er einsam. Er wünschte sich einen Partner.

Also setzte er eine Anzeige in die zwei einschlägigen Magazine *Mister Rubber* und *Latex Lifestyle*. Internet wie heutzutage, um auf Partnersuche zu gehen, gab es damals noch nicht.

Es meldeten sich drei verschiedene Personen. Er baute Kontakt zu jeder auf, doch letztlich verliebte er sich in Heinz.

Heinz kam für ein paar Wochen in die Ferienwohnung und machte Urlaub auf dem Bauernhof.

Nur wenige Wochen später zog Heinz bei Karl ein. In dem großen Gutshaus war Platz genug für beide. Sie bewirtschafteten zusammen den Hof, das Melken, die Viehzucht, den Ackerbau. Aber sie genossen auch das gemeinsame Ausreiten auf ihren Pferden.

Es stellte sich heraus, dass nicht nur Klaus, sondern auch Heinz Gummistiefel liebte. Diesen Spaß – oder war es gar ein Fetisch? – konnte ihnen niemand nehmen.

Später kauften sie sich dazu Gummimäntel, Gummiwanderstiefel und andere Kleidungsstücke aus Gummi sowie einen Neoprenanzug, auch Rubber-Anzug genannt.

Ab und zu trugen sie diesen unter ihrem blauen Arbeitsanzug oder unter der Latzhose.

Sogar als die beiden am 08.08.2008 heirateten, trugen sie unter dem Hochzeitsanzug ihren Rubber-Anzug.

Keiner der Gäste hat etwas davon bemerkt.

Eine wahre Geschichte. Die beiden leben heute noch zusammen.

Peleponnes

Ein neuntägiger Segeltörn um die idyllische griechische Halbinsel Peleponnes mit ihren traumhaften Küstenstreifen und dazu Highlights auf einer komfortablen Yacht. Mit einem Skipper und acht weiteren Männern. In den Kajüten schlafen jeweils drei Männer.

So wurde die Reise von „Männer-Reisen" angeboten.

Sommer, Sonne, Strand und Meer, was will man mehr? Essen, schlafen, entspannen und auch mal mit den Jungs kuscheln? Ich buchte, ohne lange zu überlegen.

Anfang September flog ich über Athen nach Kreta und traf im Hafen von Kalamaki gegen 17 Uhr meine Mitsegler, eine siebenköpfige Clique aus Köln. Hier erwartete uns auch der Skipper mit einem Glas Sekt zur Begrüßung und brachte uns an Bord der Yacht.

Der Skipper sollte gemeinsam mit uns jeden Tag aufs Neue entscheiden, wo wir hinsegeln würden. Azurblaues Meer, idyllisch gelegene Ankerplätze, Sonne, Meer und wunderschöne Sandstrände, türkisfarbene Buchten zum Nacktbaden und einmalige Sonnenuntergänge. Dies wurde uns vor der Reise versprochen.

Wir wollten entspannt entlang der Küste zum Kanal in Korinth segeln, dann vorbei an den Inseln Ägina, Paros, Spetses und Hydra.

Mich erwarteten atemberaubende Ausblicke auf Hochgebirgsmassive, fruchtbare Täler und baumreiche Hochebenen. Fernab vom Trubel konnte man bei Nacht den Anker zu Wasser lassen und unter einem riesigen Sternenzelt die Nacht genießen. Während des Segeltörns war es auch erlaubt, ins kühle Nass zu springen. Man würde viele Eindrücke und unvergessliche Erlebnisse mit nach Hause nehmen.

Unter den sieben Männern befand sich ein ganz schnuckeliger Hase, der hieß Martin. Aber auch die anderen waren nett und hinreißend. Sogar unser Skipper war eine Augenweide, etwa 35 Jahre alt. Er hatte schwarze strubbelige Haare, einen Dreitagebart und war braun gebrannt.

Wenn er lächelte, dachte man, die Sonne geht auf. Es schien, als hätte er mich angeblinzelt, vielleicht hatte ich es mir auch nur eingebildet.

Die 24 Meter lange Segelyacht war im Unterdeckbereich mit mehreren Kajüten ausgestattet und hatte einen Außenbordmotor. Wir bekamen unsere Betten zugeteilt und verstauten unser Gepäck. Viel war es nicht. Was brauchte man schon auf so einem Boot für eine Woche? Einige T-Shirts sowie zwei bis drei kurze Hosen und Boxershorts reichten voll und ganz und passten bei mir in einen kleinen Seesack.

Nachdem wir alles untergebracht hatten, erklärte uns der Skipper das Boot und zeigte uns alles Wichtige.

Dann gingen wir an Land, um Abend zu essen. In

einer kleinen Taverne hatte der Skipper reserviert. Wir gingen zu neunt hinein und aßen, tranken dazu ein gutes Glas Rotwein – oder auch zwei.

Plötzlich kam ein Unwetter auf. Zuerst war es nur Regen, dann Starkregen, doch schließlich wurde es zu einem heftigen Orkan. Der Skipper meinte, wir sollten noch in der Taverne bleiben, da wären wir in Sicherheit.

Wir blieben die ganze Nacht. Es hagelte, blitzte und donnerte. Die Wellen erreichten eine Höhe von fünf Metern. Vielleicht war es auch ein Hurrikan?

Am nächsten Morgen gingen wir zum Hafen, um unsere Yacht zu suchen. Sie war nicht da, sie war verschwunden. Hatte sie jemand gestohlen?

Nein. Sie war untergegangen mit dem gesamten Hab und Gut.

Mein Seesack war auch weg, samt meinem Rückflugticket. Und der Traum vom tollen Urlaub war mit einem Schlag ausgeträumt.

Man musste den Tatsachen ins Auge sehen.

Frankfurt – internationaler Finanzplatz

Ben und Knuth wohnen und leben in Frankfurt.

Frankfurt am Main ist mit 773.000 Einwohnern die bevölkerungsreichste Stadt in Hessen. In der Region Frankfurt/Main leben circa 5,8 Millionen Menschen. In Frankfurt sitzen die Europäische Zentralbank, die Deutsche Bundesbank, die Frankfurter Wertpapierbörse, die Deutsche Bank, die Commerzbank und viele in- und ausländische Banken mehr.

Ben ist bei einer der Bank beschäftigt, Knuth ist Broker bei der Börse. Kunden benötigen Broker, da sie keinen direkten Zugang zur Börse haben.

Die beiden leben gut, man könnte auch sagen, sehr gut. Sie haben gemeinsam eine tolle Wohnung im 76. Stockwerk eines Hochhauses mit atemberaubender Aussicht aufgrund der bodentiefen Fenster. Ihre vier großen Zimmer sind modern und elegant eingerichtet. Es gibt eine Hightech-Küche sowie ein mit Granitfliesen ausgelegtes Badezimmer samt Whirlpool und Sauna.

Am Samstagabend wollen sie in die Disco. Flott angezogen in engen Designer-Jeans mit einem engen T-Shirt und modernen Sneakers gehen sie auf die Pirsch. Unten wartet ein Taxi, das sie zur Disco bringt. Beide verdienen genügend Geld, sodass es an diesem Abend an nichts fehlen wird.

Sie tanzen, sie trinken, sie feiern, sie konsumieren Alkohol, auch etwas an Drogen, bis 4 Uhr am Morgen. Dann gehen sie nach Hause, aber nicht alleine, sondern sie nehmen einen Thai-Boy mit. Er ist jung, hübsch, schlank und klein.

Das ist genau das, was Ben und Knuth gefällt, darauf fahren sie voll ab. Sie haben schon oft in Thailand Urlaub gemacht, nur aus diesem einen Grund. Nur im Urlaub hat jeder seinen Thai-Boy, denn wenn man Geld hat, ist alles möglich. Den mietet man sich und der ist schon auf dem Hotelzimmer, wenn man ankommt.

Jedoch in dieser Nacht nehmen sie sich ein Taxi und fahren nach Hause. In der Wohnung angekommen, konsumieren sie noch Kokain mit einem zusammengerollten Geldschein.

Sie saugen es sich in die Nase, denn von intravenösen Injektionen oder einer oralen Einnahme nehmen sie Abstand.

Dann ziehen sie sich aus und vernaschen das kleine Bürschchen nach allen Regeln der Kunst. Dieser Thai-Boy oder auch »Toy-Boy« ist genau das, was sie jetzt brauchen. Dazu trinken sie noch eine Flasche Sekt. Oder auch mehr.

Nach dem Sex sind sie alle drei fix und fertig und legen sich ins Bett zum Pennen.

Gegen 14 Uhr wacht Ben auf und weckt Knuth.

Der kleine Thai-Boy ist verschwunden und mit ihm zwei teure Uhren, ein goldener Ring, zwei Laptops, eine Ledertasche und ein Etui mit zwei goldenen Füllfederhaltern.

Na, der Abend hat sich mal wieder gelohnt!

Bad Boys

Hartmut Weiss war Marktleiter eines Supermarkts in Karlsruhe. Er bekam eine Person zur Assistenz mit Namen Oliver Stier.

Die beiden arbeiteten sehr gut miteinander, alles ging Hand in Hand. Ob bei der Bestellung und der Abrechnung, ob im Büro, in der Beschwerdeabteilung oder im Zeitmanagement, die beiden harmonierten voll und ganz miteinander.

Jeder hatte einen Partner. Und abends, wenn alle Verkäuferinnen weg waren und sich niemand mehr im Supermarkt aufhielt, trafen sich die vier im Büro und öffneten auch gerne mal eine Flasche Sekt. Sie hatten alles im Griff, und niemand konnte den beiden Marktleitern etwas anhaben.

Einmal kam ein Chef aus der obersten Geschäftsführungsetage während der Öffnungszeiten und bemerkte, dass Oliver Stier geschminkt war.

Sofort musste er zur Toilette gehen und die Schminke entfernen, obwohl es gerade Fasching war, und das Zurechtmachen zum bunten Treiben mit dazu gehörte.

Herr Stier hat also die Schminke weggemacht, seither auch nicht mehr angebracht und alles war gut.

Wenn ein Vertreter kam, um zum Beispiel eine Palette Chips am Vorkassenbereich aufzubauen, erhielt der Marktleiter als Zusatzgratifikation einen Karton Chips. Dann gab Herr Weiss dem Vertreter seinen Schlüssel und bat ihn, er solle doch den Karton Chips bitte direkt ins Auto stellen.

Die vier trafen sich oft abends, gingen zusammen aus, auf Partys oder in Urlaub, es gab Geschäftsessen, private Feiern und noch viel mehr. Dass dabei irgendwann das Geld knapp wurde, war verständlich.

So kam die Idee auf, die eigenen Konten aufzubessern. Das einfachste wäre, wenn die zwei Partner den Markt überfielen und die Kasseneinnahmen raubten. Die Idee nahm an Fahrtwind auf und wurde in Gedanken durchgespielt.

Eines Tages war es so weit. Es wurde ein festes Datum angesetzt, der 23. Dezember. An diesem Tag befanden sich die meisten Tageseinnahmen in den Kassen. Der Marktleiter und sein Stellvertreter würden das Bargeld in mehreren Geldkassetten zum Nachtschalter der Bank bringen, und auf dem Weg dorthin sollte der Überfall stattfinden.

Am Tag vor Heiligabend war der Laden bis 18:30 Uhr geöffnet. Danach hielten sich noch vereinzelt Verkäuferinnen und Putzleute hier auf, aber um 19:30 Uhr war alles leer. Bis auf den Marktleiter und seinen Stellvertreter, die das Geld zählten und in Geldkassetten verstauten.

Zusammen verließen sie den Markt. Doch als sie das Tor abschließen wollten, standen zwei bewaffnete Männer mit übergezogenen Masken und Kapuzen vor ihnen. Im nächsten Moment drückten sie jedem der beiden eine Waffe an die Schläfe, ergriffen die Taschen mit dem Geld und rannten davon.

Sie erbeuteten ungefähr 70.000 Euro. Die beiden Marktleiter riefen die Polizei und zeigten sich zu Tode erschrocken.

Alles wurde minutiös aufgezeichnet und durchgespielt. Doch die Täter wurden nie gefasst und das Geld war weg.

Ein Jahr später wiederholte sich ein solcher Überfall mit exakt gleichem Ablauf.

Glück brachte den vier Männern das Geld allerdings nicht. Denn einer starb an Lungenkrebs, einer an Aids, einer bei einem Autounfall und der Letzte hat sich erhängt.

Doppelleben

Antero Seifried war Arzt in Berlin, spezialisiert auf
die Krankheit Aids, und engagierte sich sehr in der
Aidshilfe. Verheiratet war er mit Viola, einer im
Krankenhaus tätigen Fachärztin.

Die Ehe war kinderlos geblieben und sie waren
zehn Jahre verheiratet, als der Arzt aus der Mitte
des Lebens gerissen wurde. Er ging über den Zebrastreifen, tippte etwas in sein Handy ein und
wurde von einem Raser überfahren.

Viola fiel in tiefe Trauer. Über sie stürzte eine
Welt zusammen.

Nach einigen Tagen brachte ein Mitarbeiter des
Arztes die Sachen und Utensilien aus dem Büro
vorbei. Er hatte alles in einen Karton geschlichtet,
unter anderem auch ein Bild, das über den Rand
hinausstand und gleich in ihre Aufmerksamkeit
geriet.

Viola nahm das Bild aus dem Karton und wollte
es aufhängen. Da bemerkte sie, dass auf der Rück-
seite etwas stand. Sie versuchte, es zu entziffern.

»In Liebe, Dankbarkeit und Anerkennung, eine
Liebe die unendlich ist, diese Liebe hört niemals
auf, sie ist ewiglich. In inniger Liebe, Maholi«

Augenblicklich dachte sie, ihr Mann hätte eine
Geliebte, durchstöberte sämtliche Papiere und fand
schließlich ein kleines Notizbuch, worin der Name
Maholi und eine Adresse stand.

Kurzentschlossen fuhr sie mit dem Bild zu der

Wohnung, die sich im 14. Stockwerk eines Gebäudes befand. Viola zögerte erst, dann fand sie den Mut, zu klingeln. Sie wollte wissen, woran sie war. Sie wollte mehr erfahren. Hatte ihr Mann sie mit einer anderen betrogen? In all den Jahren? Und sie hatte nichts bemerkt? War nicht einmal misstrauisch geworden?

Eine fremde Frau öffnete die Tür und Viola fragte nach Frau Maholi.

Die Frau schaute sie verdutzt an und klärte sie auf, dass Maholi ein Mann sei.

Sie bat Viola in die Wohnung und sagte, in der Wohnung lebten 7 Personen. Vier Männer und drei Frauen. Sie hätten eine große Lebensgemeinschaft.

Viola war schockiert, und es folgten heiße Diskussionen und Debatten. Dann wurde sie eingeladen, zum Essen zu bleiben, was Viola auch tat.

Viola hatte viele Fragen: Was hat ihr Mann hier gesucht? Mit wem hatte er ein Verhältnis?

Es stellte sich heraus, dass er seit sieben Jahren ein Verhältnis mit Maholi hatte und ein schwules Doppelleben führte. Sie, Viola, und Maholi hatten sich den Mann Antero geteilt. Regelmäßig war er hier gewesen. Sonntags, wenn er ihr gesagt hatte, er sei beim Fußballspiel, war er hier, und wenn er angeblich drei Tage auf Seminar oder Fortbildung war, war er ebenfalls hier. Er hatte hier gekocht, geschlafen, gegessen, gelebt.

Ihr Mann Antero führte jahrelang ein Doppelleben. Dazu noch ein schwules Doppelleben!

Von nun an ging Viola fast jeden Tag in diese

Wohnung. Sie wollte mehr erfahren. Sie wollte alles wissen.

Nach und nach erfuhr sie die ganze Geschichte. Wie sich Antero und Maholi in einer Buchhandlung kennengelernt hatten, als beide gleichzeitig nach einem Buch griffen und beinahe in Streit gerieten, weil es nur das eine Exemplar gab. Bis sie sich einigten und Maholi das Buch bezahlte.

Danach gingen sie in ein Café, um über dieses Buch zu reden. Es war ein Gedichtband des Dichters Abbé Jean-Louis Aubert, der von 1731 bis 1814 gelebt hatte. Antero wusste nichts über den Dichter, er wollte dieses Buch für seine Frau zum Geburtstag kaufen.

Antero und Maholi verliebten sich ineinander und verbrachten viele gemeinsame romantische Stunden. Doch hatten die beiden auch manches durchgemacht, sie hatten gezittert, hatten Übelkeit und feuchte Hände bekommen, Herzrasen, Angstzustände, Appetitlosigkeit.

Dies alles und noch viel mehr erzählte Maholi. Er sagte auch, dass er einmal bei ihr gewesen war, um Blut abnehmen zu lassen, er wollte sie einfach einmal sehen und persönlich kennenlernen.

Zu ihrem Leidwesen erfuhr sie mehr, als ihr lieb war. Dennoch kam sie acht Monate lang täglich in diese Wohnung. Sie sprach mit den Menschen, sie aß zu Abend dort. Irritiert und neugierig zugleich nahm Viola allmählich den Platz von Antero ein. Im Kreis all seiner Freunde fand sie große Unterstützung bei der Bewältigung ihrer Trauer.

Doch obwohl sie immer noch das Gefühl hatte, hintergangen worden zu sein, wollte sie zu dieser Runde gehören. Sie führte lange Gespräche mit diesen Menschen, auch wenn ihr manches Mal nach Ruhe und Lesen zumute war. Diese Abende waren anstrengend und kräfteraubend, aber sie resignierte nicht.

In dieser Gruppe gab es nicht den extrovertierten oder den introvertierten Menschen. Jeder von ihnen besaß Charaktereigenschaften von beiden Seiten.

Viola war im Begriff, alles zu verstehen. Dadurch lernte sie nicht nur neue Menschen kennen, sondern auch neue Freunde.

Eines Tages geschah, was sie nicht mehr erwartet hatte, sie verliebte sich in einen anderen Mann.

Dass der Raser, der Antero getötet hatte, überführt und zu einer Gefängnisstrafe verurteilt wurde, half ihr, ein neues Leben beginnen zu können.

Wenn die Mutter mit dem Sohne

Nach dem letzten Objekt, das ich verkauft hatte, brauchte ich dringend Urlaub. Darum buchte ich eine Woche Kreuzfahrt und flog bereits am darauffolgenden Wochenende von Stuttgart nach Mallorca.

Von hier begann die Reise um die Kanarischen Inseln. An Bord der AIDA checkten mehrere Hundert Passagiere ein, was aber ruck zuck über die Bühne ging.

Bald hatte ich den Kabinenschlüssel in Form eines Batches sowie einen Lageplan in Empfang genommen und konnte meine Kabine betreten. Mit großer Freude und in großer Erwartung inspizierte ich sie.

Mein Name ist Luis, ich bin 28 Jahre alt, Single, 1,85 Meter groß, ein sportlicher Typ und habe einen Dreitage-Bart. Kurzum, ich sehe gut aus. Im Winter bin ich gerne beim Skifahren, im Sommer fahre ich Motorrad.

Laut Tagesplan gab es um 20 Uhr Abendessen. Also zog ich mich um und ging in den Speisesaal.

Der Kellner begleitete mich zu meinem Tisch mit drei Gedecken.

»Mister, an Ihrem Tisch erwarten wir noch zwei weitere Gäste«, sagte er zu mir, als ich mich hinsetzte.

Nach ein paar Minuten empfing der Kellner eine Dame und einen jungen Mann und schaute in meine Richtung.

Ich dachte: Aha, das werden meine Tischnachbarn sein.

Selbstverständlich erhob ich mich und begrüßte meine neue Tischgesellschaft.

»Ben«, sagte der junge Mann und streckte mir seine Hand entgegen.

Dieser hübsche junge Mann war schätzungsweise knapp zwanzig und mindestens einen Kopf kleiner als ich. Er hatte braungelockte Haare, stechend blaue Augen und eine sexy Ausstrahlung.

Ich lächelte zurück und sagte: »Luis Walther.«

Dann richtete ich mein Augenmerk auf die Dame hinter ihm.

Diese streckte mir ebenfalls ihre Hand entgegen und sagte: »Hallo, mein Name ist Claudia.«

Mit einem breiten Lächeln stellte ich mich auch ihr nochmals mit meinem Namen vor.

Claudia war Anfang 40, vermutete ich, und eine sehr nette Erscheinung. Schlank und groß mit einem kleinen Busen – gerade so eine Handvoll. Sie trug ein schickes Kleid und hochhackige Schuhe.

Ich setzte mich wieder hin und mir war klar, dass es einen kurzweiligen, angenehmen Abend geben würde. So erfuhr ich nach kurzer Zeit, dass es sich um Mama und Sohn handelte.

»Machst du diese Reise alleine?«, fragte mich Ben.

Ich bejahte, und Ben sagte grinsend: »Du siehst doch ganz passabel aus für dein Alter.«

Na, das kann ja ein gemütlicher Abend werden, dachte ich, während mich auch die Mutter Claudia angrinste.

Mir fiel auf, dass sie Grübchen an den Wangen hatte.

Plötzlich erfolgte eine Reaktion ganz anderer Art wie erwartet. Beide schauten mich an, sagten aber nichts. Dafür spürte ich, wie jemand mit seinem Fuß mein Bein berührte. Nur leicht und sanft, aber doch gut spürbar. Das war kein Zufall. Es war ein fester werdender Druck.

Vor Schreck schnappte ich nach Luft, die Gabel fiel mir fast aus der Hand. Baggerte mich gerade der Sohn an oder die Frau Mama?

Mich wühlte das Ganze auf, und in meiner Hose wurde es enger.

Jetzt spürte ich wieder einen Fuß, dieses Mal aber nicht am Bein, sondern direkt in meinem Schritt. Wieder ein kurzes Aufatmen meinerseits. Es musste sich um einen nackten Fuß handeln, stellte ich fest, denn ich spürte, wie die Zehen sich in meinem Schritt zu schaffen machten. Das lange Tischtuch verdeckte aber die Sicht und verstärkte meine Unsicherheit, wer von den beiden es nun wohl sein könnte. Die nette Dame oder der junge Mann neben ihr? Die Tischdecke anheben und nachschauen brachte ich nicht fertig, aber ich merkte, wie ich knallrot anlief.

Ich räusperte mich und sagte: »Ich muss einmal kurz eine Zigarette rauchen gehen.«

Ich stand auf und verließ den Tisch.

Als ich zurückkam, waren beide weg.

Wenn Du bei mir bist

Georg ist 73 Jahre alt. Ein alter Mann, der viel Wert auf sein Äußeres legt. Aber er ist ein alter Mann. Eines Tages lernt er Tom kennen.

Ein Herumtreiber. Aber ein bildhübscher Mann von 22 Jahren. Braune Haare im Afrolook und braune Augen.

Georg nimmt ihn mit nach Hause. Er bietet ihm 50 Euro an, wenn er eine Weile da bleibt, wenn er etwas von seiner kostbaren Zeit mit Georgs Zeit teilt. Sie gehen auch zusammen ins Bett, aber da klappt und funktioniert nichts.

Georg ist ein alter Mann, der Minderwertigkeitskomplexe hat.

Tom ist ein junger Mann, der sich etwas anderes vorstellt. Es ist alles so alt; das Schlafzimmer, die Bettdecke, der Fernseher.

Georg fragt, ob er noch etwas bleiben möchte. Aber Tom möchte so schnell wie möglich wieder abhauen.

Georg denkt, ich bin alleine und doch nicht einsam. Als Tom weg ist, merkt er, wie er doch einsam ist. Tränen bilden sich in seinen Augen. Er ist ein alter einsamer Mann in einem großen alten Haus.

An einem Abend um 21 Uhr klingelt es – Tom steht vor der Tür und fragt, ob er reinkommen darf. Tom bleibt eine Stunde, kassiert die 50 Euro und haut wieder ab.

Georg bezahlt ihn für ein bisschen Nähe, für ein

bisschen Aufmerksamkeit, für ein bisschen Zuneigung.

Wie lange soll so etwas weitergehen?

Am nächsten Tag kommt Tom wieder. Sie kochen zusammen. Sie essen zusammen. Dann geht Tom.

Um 21 Uhr klingelt er und fragt, ob er übernachten darf. Georg bietet ihm das Bett im Kinderzimmer an. Er holt extra frische weiße Bettwäsche aus dem Schrank und überzieht alleine in aller Ruhe und mit Sorgfalt das Kissen und die Zudecke.

Tom schaut zu. Er redet nicht viel. Er redet gar nichts über sich und Georg weiß nicht, wo er herkommt oder wo er hinmöchte. Wie lange kann so etwas weitergehen?

In der Nacht hört er Tom ganz leicht schnarchen. Georg schleicht sich ins Zimmer und stellt seinen Kassettenrecorder an, nimmt das Atmen und Schnarchen auf. Wenn Tom weg ist, will er es sich anhören.

Am liebsten würde er sich neben ihn ins Bett legen. Doch dann denkt er: Ich weiß, uns trennen Welten und trotzdem sind wir uns hier in diesem Augenblick ganz nahe. Ich stehe schlaflos neben dir, ich atme kaum, während ich dich betrachte, nur damit du nicht aufwachst. Wirst du mein Leben verändern? Wird es eine Beziehung geben zwischen mir, dem alternden Georg, und dir, dem jungen hübschen Tom?

Am nächsten Morgen geht Tom ohne viele Worte. Dass Georg in der Nacht seine Nähe gesucht hat, bleibt von ihm anscheinend unbemerkt.

Etliche Tage später taucht Tom wieder auf und fragt, ob er übernachten dürfe. Da verwirbelt es Georgs Gefühlswelt. Er ist über beide Ohren in den hübschen Tom verliebt. Wird Tom die Gefühle jemals erwidern?

»Wenn du bei mir bist, bin ich so glücklich«, gesteht Georg seinem Gast. »Du kannst mich besuchen, wann immer du möchtest.«

Von nun an kommt Tom regelmäßig. Als er einmal badet, setzt sich Georg an den Wannenrand und seift Tom liebevoll ein. Danach trocknet er ihn ab. Er bringt frische Kleidung und wäscht und bügelt die aufgetragenen Sachen.

Bald entwickelt sich mehr als eine flüchtige Bekanntschaft, es wird ein Miteinander. In dem einzig und alleine das Jetzt und das Hier zählt, sonst nichts.

Georg legt viel Hoffnung in eine Zukunft mit Tom. Er gibt ihm Geld, so oft er welches benötigt, und überschüttet ihn mit Geschenken.

Aber wie steht es um Tom? Denkt er genauso? An eine Partnerschaft mit einem so viel älteren Mann?

Dass Toms Pläne in eine ganz andere Richtung gingen, bemerken Wochen später Georgs Nachbarn, als sie den Geruch wahrnehmen, der aus einem geöffneten Fenster dringt. Und die vielen Fliegen, die dort herumschwirren.

Bei den polizeilichen Ermittlungen stellt sich heraus, dass Georg mit einer Schere erstochen worden ist. Vielleicht wurde er zu aufdringlich und der junge Tom wollte sich wehren? Außerdem ist der Safe geöffnet und leergeräumt worden.

Ob sich viel Wertvolles darin befunden hat, kann nicht mehr festgestellt werden.

Und der junge Mann, der sich Tom nennt, ist nicht mehr auffindbar.

Die Last des anderen

David und Rene leben in Schweinfurt.

David ist Paketbote, fährt einen Sprinter und liefert auf seinen vorweihnachtlichen Touren im Monat Dezember oftmals 320 Pakete aus.

Rene ist von Beruf Physiotherapeut. Er ist im Moment arbeitslos gemeldet und tritt am 1. Januar einen Job im Städtischen Krankenhaus in Schweinfurt an.

David hat keinen leichten Job. Morgens um 5:30 Uhr beginnt er, seinen Sprinter zu beladen. Die Pakete werden in der Halle auf einen Rollwagen gesetzt und kommen dann ins Auto, egal ob es regnet oder schneit oder hagelt. Der Job muss gemacht werden und dauert bis in die späten Abendstunden. Meist ist noch nicht einmal genügend Zeit, um etwas zu Essen oder auf die Toilette zu gehen.

Manches Mal haben sie Wetten laufen, wer der Schnellste ist im Team, denn der bekommt einen Bonus.

Am Freitag, dem 16. Dezember 2017, lädt David wie immer sein Auto und fährt los. Um 6:30 Uhr ist er schon beim ersten Kunden und stellt das Paket vor die Tür.

Es regnet und schneit. Der Wetterbericht hat Schnee, Eis und Glätte vorausgesagt. Ein kalter Wintertag. Und dazu muss er ein Weihnachtskostüm über seiner Kleidung tragen. Das wünscht seine Chefin so.

Draußen ist es nass und kalt und im Sprinter warm. So geht es den gesamten Tag. Mittags hellt es etwas auf, für eine Stunde, aber dann wird es wieder düster und nasskalt.

Um 16 Uhr passiert David ein Missgeschick. Er springt aus dem Sprinter und kommt irgendwie ungeschickt am Boden auf. Er hat eine Sprunggelenkverletzung, entweder eine Zerrung oder einen Bänderriss.

David weiß nicht, was er tun soll, und ruft seinen Partner Rene an. Denn wenn er jetzt einen Krankenschein kurz vor Weihnachten bringt, jetzt wo überall viel Arbeit ist und Stress, erhält er die Kündigung. David erzählt Rene, was vorgefallen ist, und bittet ihn um Hilfe, fragt, ob er einspringen könnte.

Rene fackelt nicht lange, setzt sich ins Auto und fährt zum angegebenen Treffpunkt, wo er seinen Schatz findet. Er bringt ihn mit dem Sprinter zum Arzt, der sich drei Straßen entfernt befindet. Dr. Fuhrmann soll ihn röntgen. Hoffentlich ist nichts gebrochen.

Nachdem Rene seinen Partner bei dem Arzt abgeliefert hat, fährt er weiter und liefert die Pakete aus. Das ist kein Hexenwerk, das hat er auch schon früher als Zwischenjob gemacht.

Gegen 18:30 Uhr sind die meisten Päckchen ausgeliefert und es ist schon dunkel. Da passiert es. Rene erwischt einen Radfahrer am Zebrastreifen. Am Fahrrad ist kein Licht und der Radfahrer hätte das Rad schieben müssen.

So geht alles viel zu schnell. Rene kann nicht mehr bremsen und fährt geschockt weiter.

Er macht die Tour zu Ende und kommt um 21 Uhr nach Hause. Da sitzt schon David mit einem Verband. Es ist nur eine Zerrung – Gott sei Dank!

Am nächsten Morgen ist David wieder voll und ganz dabei. Er humpelt noch ein bisschen, aber ansonsten lässt er es laufen. Er arbeitet wie ein Tier von morgens bis abends.

Drei Monate später ist David im Laderaum des Sprinters beschäftigt, die Tür steht offen. Er sucht ein Paket.

Da steigt ein Mann mit schwarzer Sturmhaube ein und hält eine Pistole in der Hand. Er macht die Tür hinter sich zu und presst David die Pistole an die Schläfe.

Er sagt: »Am 16. Dezember 2017 hast du meine Tochter auf dem Fahrrad umgefahren. Sie ist gestorben. Ich bin mit dem Fahrrad hinter ihr gefahren und habe mir deine Nummer aufgeschrieben. Jetzt wirst du dafür büßen.«

Ponderosa

Timo, ein Freund von mir, hatte von seinen Eltern im Hüttengebiet ein kleines Grundstück geerbt. Darauf stand ein Holzhäuschen. Das Häuschen glich einem kleinen Hexenhaus und war vielleicht drei mal vier Meter groß. Drinnen befanden sich eine Eckbank und ein Tisch sowie ein alter Schrank mit Geschirr.

Auf dem Boden lag eine Luftmatratze, weil Timo hier auch schon mal gepennt hatte. Vor dem Häuschen gab es einen gemauerten Grill, und eine Biertischgarnitur war aufgestellt. Hinter der Garnitur versuchte Timo, eine Rebe hochwachsen zu lassen, aber das klappte noch nicht richtig, denn hier fehlte ein Rankhilfegestell.

In dieser Idylle verbrachte Timo oft das Wochenende. Entweder er mähte den Rasen oder er las ein Buch und machte es sich irgendwie gemütlich.

Was Timo noch besaß, war eine Deutsche Dogge. Und zwar eine sogenannte »blaue« Dogge, weil ihr Fell stahlblau gefärbt war. Sie hieß Donna und war unheimlich lieb.

Eines schönen Sonntags hatte sich Timo einen Freund eingeladen. Zuerst wollten sie grillen, danach etwas chillen und es sich gemütlich machen.

Ein herrlicher Tag, die Sonne schien, es hatte über dreißig Grad und Timo trug nur eine Shorts. Er hatte kein T-Shirt, keine Sneakers an, nur seine Shorts.

Dann kam er. Ron hieß er, 35 Jahre, braun gebrannt, mit Bart, Holzfällerstatur, und immer dieses verschmitzte Lächeln auf den Lippen. Er öffnete das Tor zum Gartengrundstück und trat herein.

Dann stand ihm Donna gegenüber.

Er sagte: »Ich tu dir nichts und du tust mir hoffentlich auch nichts.«

Donna wartete in genügend Abstand und beobachtete den Eindringling. Da kann ja jeder daherkommen und mein Grundstück betreten, dachte sie bestimmt.

Aus ihrer Kehle drang schon ein leises Knurren, da rief Timo: »Donna, komm her!«

Gehorsam setzte sich ihr riesiger Körper in Bewegung und sie sprintete zu Timo hin.

Ron kam hinterher geschlichen, und man sah, dass ihm ein Stein vom Herzen gefallen war. Wenn Timo den Hund nicht zurückgerufen hätte, wäre er vermutlich mit einem Satz über den Zaun abgehauen, damit dieser Riesenhund Donna ihn nicht fressen konnte. Ron war zwar über 1,85 Meter groß, dennoch hätte er schlechte Karten gehabt, wenn die Dogge sich auf die Hinterpfoten gestellt hätte und sie direkten Augenkontakt gehabt hätten.

Es war ja alles gut gegangen, Donna lag friedlich neben der Sitzbank und Ron brachte einen guten Tropfen mit, eine Flasche »Hex vom Dasenstein«.

Timo fragte, ob das eine Anspielung sein solle.

Er nahm Ron zur Begrüßung in den Arm, er hatte ihn längst in sein Herz geschlossen. Danach zündete er das Feuer im Grill an.

Ron hätte gerne mit Donna etwas gespielt, aber er hatte zu viel Respekt vor der Größe des Hundes und machte immer wieder einen großen Bogen um ihn.

Timo beobachtete Ron von der Seite her und musste sich eingestehen, dass ihm diese haarigen, muskulösen Beine gut gefielen. Die von Ron natürlich, nicht Donnas.

Er schlug Ron vor, das T-Shirt abzulegen, bei der Hitze. Was Ron auch gleich tat.

Hoppla, dachte sich Timo, der hat aber eine geile Figur! Absolut durchtrainiert, kein Gramm Fett.

Am Bauch sah man jeden Muskel, ein richtiges Sixpack durch gezieltes Training und passende Ernährung, ein absoluter Waschbrettbauch.

Timo lief das Wasser im Mund zusammen, aber nicht wegen der roten Würstchen oder wegen des Grillguts, sondern wegen Ron. Selten hatte er so einen durchtrainierten Körper gesehen.

Ron sagte: »Schön hast du es hier«, und setzte sich in einen Liegestuhl.

Timo musste in Rons Schritt starren, denn da war ein schönes, großes Paket versteckt. Als sie sich in die Augen sahen, wurde die Gier immer größer. Timo wurde es ganz wuschelig und er war verrückt nach dem schönen Kerl.

»Einen bemerkenswerten alten Baumbestand hast du hier. Diese Tannen und der Walnussbaum, dazu eine Kiefer. Echt schön, idyllisch und romantisch«, sagte Ron. Und er schwärmte weiter: »Man hört keinen Motorenlärm, nur Vogelgezwitscher und

Zirpen. Die Stille hier ist atemberaubend. Man hört das leise Glimmen des Feuers, sieht ein leichtes Funkensprühen. Diese Friedlichkeit ist wie Balsam auf der Seele. Absolut himmlisch, wie in einem Traum.«

Als das Feuer bis auf die Glut heruntergebrannt war, legte Timo zwei rote Würstchen auf den Grill und zwei Steaks.

Während das Grillgut vor sich hin brutzelte, und sie sich über Belanglosigkeiten unterhielten, dachte Timo: Und führe mich nicht in Versuchung, sagte aber laut: »Komm mal mit, ich muss dir noch etwas im Häuschen zeigen.«

Dann gingen die beiden rein ins Hexenhäuschen, Timo machte die Tür zu und schaute in die wunderschönen Augen von Ron. Er packte Rons Hintern mit beiden Händen und drückte ihm einen Kuss auf den Mund.

Danach folgte, was sein musste.

Es war ein heißer Tag, und beide Männer waren heiß. Sie zogen sich aus, küssten sich und machten es sich auf der Luftmatratze bequem, falls man hier von Bequemmachen reden konnte. Auf Einzelheiten gehen wir nicht ein, da dies kein pornographisches Werk werden darf. Aber beide waren kein Kind von Traurigkeit, und sie hatten beide ihren Spaß dabei.

Nach dreißig Minuten ging es ihnen wieder besser. Erleichtert standen sie auf, zogen ihre Shorts an und traten vor das Häuschen.

Erschrocken sah Timo, dass der Grill leergefegt

war. Ja, die Würste und das Fleisch waren ratze-
putz von Donna gefressen worden. Nun schauten
beide dumm aus der Wäsche, denn ihnen blieb nur
noch der Kartoffelsalat, den Timo gerichtet hatte
und der noch in der abgedeckten Plastikschüssel
dastand. Den wollte Donna anscheinend nicht haben.

Aber Timo war das in diesem Moment egal, er
hatte nur noch Augen für Ron und dachte sich im
Stillen: Diesen Fisch lasse ich nicht mehr vom Ha-
ken.

Dann sagte er zu Ron: »Ich würde dich gerne
wiedersehen.«

Und Ron erwiderte: »Passt es dir den Rest deines
Lebens?«

Die letzte Klappe

Patrick war auf Dienstreise. Es war 5 Uhr morgens und es schneite ganz leicht. Er war müde und kurz vorm Einschlafen. Er musste eine Pause machen, sonst würde er am Steuer einpennen. Da kam das Hinweisschild auf den Parkplatz der Autobahnraststätte bei Bayreuth.

Er bog ab, um die Herrentoilette aufzusuchen.

Seit der Einführung der öffentlichen Herrentoiletten werden diese nicht nur für Notdürfte aufgesucht, sondern auch als »Klappe« bezeichnet für homosexuelle Menschen, die dort Sex suchen. Insbesondere in Zeiten, als gleichgeschlechtlicher Sex noch strafrechtlich verfolgt wurde, waren Klappen ein wichtiger Treffpunkt. Klappen suchte man also auf, wenn man Sex mit anderen Männern haben wollte. Schnellen und anonymen Sex, auch »Gay Cruising« genannt. Klappen gibt es nicht nur an Autobahnparkplätzen und Raststätten, sie gibt es auch in Parks, Bahnhöfen und an vielen weiteren Plätzen.

Die Tür zum WC quietschte, als Patrick sie mit dem Fuß aufstieß. Klappen waren schon abstoßend und trotzdem aufregend, ging es ihm durch den Kopf. Doch hier drinnen war niemand.

Auf dem Weg zurück zum Auto bemerkte Patrick zwei Männer. Sie schlichen anscheinend ziellos auf und ab und hin und her. Waren sie auf der Suche nach Sex?

Sie drehten sich nach Patrick um und verschwanden im Gebüsch. Er witterte die Chance auf ein kleines Abenteuer und überlegte, ob er den Männern folgen sollte.

Der Schnee fiel nun in dicken Flocken. Doch die Kälte schien den Männern nichts auszumachen. Einen echten Kerl schreckt so etwas doch nicht ab.

Patrick schloss die Jacke, zog seine Mütze tiefer ins Gesicht, vergrub die Hände in der Jackentasche und eilte hinterher.

Unter seinen Füssen knirschte der Schnee. Seine Müdigkeit verflog, und er war hellwach. Er war geil und wollte Sex haben, jetzt und hier. Er ging den Fußspuren im Schnee nach, die zum Gebüsch führten.

Dort vermutete er das Objekt seiner Begierde. Dort hinten waren die Männer verschwunden. Er würde sie nach der Uhrzeit fragen, in ein Gespräch verwickeln und ganz schnell zur Sache kommen. Nach zehn Minuten würde er wieder im warmen Auto sitzen. Doch zuerst musste er die Typen finden.

Patrick bahnte sich einen Weg durchs Gestrüpp. Er hörte einen Ast knacken.

Mit einem Mal kamen ihm Zweifel. Mitten in der Nacht unter Fremden, irgendwo am Rande der Autobahn, kilometerweit weg vom Wohngebiet. Was, wenn ihn einer überfallen würde? Keiner würde ihn hören, wenn er um Hilfe riefe.

Vielleicht war auch gerade das der Nervenkitzel und machte den Reiz aus? So ist das bei Klappen und Darkrooms, kaum ein Schwuler bekennt sich dazu, dass man an solchen Orten verkehrt, und trotzdem gehen sie hin.

Patrick begann zu frieren, er zog sich die Mütze noch tiefer ins Gesicht. Schon mindestens hundert Meter war er durchs unwegsame Gelände getigert, über Gestrüpp und Baumstämme geklettert. Man sah kaum noch das Licht beim Toilettenhäuschen.

Schließlich gelangte Patrick auf eine schneebedeckte Fläche. Wo er hingeraten war, konnte er nicht sagen. Es war zu dunkel und dazu eine gespenstische Stille. Als er nach oben blickte, sah er nichts außer ein immer dichter werdendes Treiben von Schneeflocken, die auf ihn herunterstürmten. Es schneite, als würde die Welt zusammenbrechen. Patrick konnte die Hand nicht mehr vor den Augen sehen und bekam es mit der Angst zu tun. So ein Schneegestöber hatte er schon lange nicht mehr erlebt.

Ein plötzliches Geräusch schreckte ihn auf. Woher kam es?

Das Geräusch entpuppte sich als ein laufender Motor, der sich zügig näherte. Patrick rannte in die Richtung zurück, wo er den Parkplatz vermutete, erreichte festen Boden, wurde von Lichtern geblendet und rutschte auf dem eisglatten Asphalt aus. Er stürzte.

Dem Fahrer des Schneepflugs war es nicht möglich, Patrick rechtzeitig zu erkennen. Er konnte nicht mehr ausweichen.

Wie gewonnen, so zerronnen

Roland und Patrick waren ein Paar, allerdings mit gewaltigem Altersunterschied.

Roland war der Ältere, dennoch ein richtig durchtrainierter Daddy. Patrick war 26, ihm gefielen ältere Männer. Er stand auf die Lebenserfahrung, das Wissen, das Zupacken, die Reife. Er stand auf weißhaarige Männer, die seine Daddys sein konnten.

Patrick kniff Roland in die Seite.

»Hey, Kleiner, pass auf, was du da machst«, entgegnete Roland motiviert. »Sollen wir heute Abend grillen? Oder essen wir in unserem Stammlokal einen Wurstsalat?«

Sie entschlossen sich, zu grillen. Patrick machte einen Tomatensalat und deckte den Tisch auf der Terrasse, Roland schmiss den Grill an, holte Würstchen aus dem Kühlschrank und zwei Flaschen Bier. Sie setzten sich an den Tisch und warteten, bis die Würstchen fertiggegrillt waren.

Da sagte Patrick: »Du wirst immer grauer. Wie in der Werbung für die Fischstäbchen, wo der Kapitän ein richtig grauer Bär ist. Das gefällt mir.«

Er strich Roland durch den Bart, der diese Geste der Zuneigung sehr genoss.

Kennengelernt hatten sich die beiden auf einem Parkplatz bei der Autobahn. Roland wurde schon immer von jungen Boys angesprochen und auf den »blauen Seiten« angeschrieben, da fühlte er sich geschmeichelt. Warum hätte er nein sagen sollen? Da wäre er ja schön blöd gewesen. Wer hatte nicht gerne einen jungen knackigen Mann bei sich im Bett liegen?

Patrick hingegen wurde schon oftmals von einem Freund angesprochen und aufgefordert: »Suche dir doch jemanden in deinem Alter. Was willst du mit so einem alten Knacker?«

Aber so einfach war das nicht im Leben. Was konnte Patrick schon dafür, wenn er sich für Ältere interessierte, sich in sie verguckte oder gar verknallte. Ja, der Altersunterschied war groß, aber am Ende zählte nur eins: Dass zwei Menschen glücklich miteinander waren.

Es gab auch Bekannte von Roland, die neidisch auf ihn waren, weil er bei den Jungen so gut ankam. Weil er das junge Gemüse abschleppte.

Dabei wurde ganz schön in die Klischeekiste gegriffen.

Roland sei der »Sugar Daddy« und Patrick der »Toy-Boy«. Oder auch: Roland sei auf der Suche nach einem Sohn-Ersatz, den er so erziehen und formen konnte, als wäre dieser sein eigenes Kind.

Und Patrick hätte einen Vaterkomplex, er sei wohl nie mit seinem Vater klargekommen und suche nun einen Ersatz-Vater. Vielleicht wäre Patrick aber auch nur auf das Geld von Roland aus und ließe sich aushalten.

Hinzu kam noch viel mehr Quatsch, der hinter dem Rücken der beiden zusammengereimt wurde.

Alles aus purem Neid.

Wenn zwei Menschen sich liebten, dann war alles andere egal. Basta!

Natürlich waren sie auch schon gemeinsam im Urlaub gewesen. In Gran Canaria, in Frankreich bei Montpellier und in Aix-en-Provence hatten sie sich ein Ferienhaus gemietet. Sie kamen gut miteinander klar und genossen ihren Urlaub.

Manches Mal überkamen Roland auch Zweifel darüber, ob der Altersunterschied nicht doch irgendwann ein Problem darstellen würde. Ob Patrick womöglich doch zuerst anderweitig sexuelle Erfahrungen sammeln sollte. War die feste Bindung zu Roland vielleicht zu früh für Patrick? Sollte er sich einen Partner suchen, der besser zu ihm passte? Einen jungen Mann aus seiner Generation?

Aber Patrick sagte klipp und klar, er wisse, was er wolle und was er vom Leben erwarte und wen er liebe und wen nicht. Es waren nun einmal die älteren Männer, die ihn anzogen. Männer wie Roland, bei denen er viel lernen konnte. Patrick wollte keine Partner in seinem Alter haben. Punkt, aus, fertig.

Er hatte einmal zu Roland gesagt: »Ich liebe deine selbstsichere Art, denn man merkt, dass du angekommen bist. Im Alter ist es schön, sich mit den Menschen zu treffen und zu feiern, die man gerne hat, die man mag und die einem irgendwie verbunden sind.«

»Ja«, hatte Roland daraufhin gemeint, »ich habe nun ein Alter erreicht, wo ich mich entscheiden kann, mit wem ich meine Freizeit verbringen möchte.«

Roland war nicht ein alter, eingefahrener Greis, sondern ein innerlich junggebliebener, attraktiver, drahtiger Mann, der mit beiden Beinen im Leben stand. Roland trieb auch viel Sport, um fit für seinen Patrick zu bleiben, denn aus dieser Liebe gewann er viel Energie.

Wenn man sich mag, spielt das Alter keine Rolle mehr und der große Altersunterschied ist wie weggeblasen. Es kommt immer auf den Menschen an, in den man sich verliebt.

Wenn Patrick sagte: »Lass uns ins Bett gehen, ich bin müde und fix und fertig«, dann erwiderte Roland: »Sag mal, früher, in deinem Alter, habe ich den Teufel auf dem freien Feld gefangen, da habe ich die Nacht durchgemacht. Die Nacht zum Tag gemacht, und du bist jetzt schon müde? So ein Langweiler!«

Patrick meinte daraufhin: »Ich bin froh, dass es so nicht mehr ist, ich werde jetzt auf deiner haarigen Brust einschlafen und werde dich kraulen, so lange, bis du auch schläfst, mein Daddy.«

Einmal waren die beiden einkaufen, da sagte Patrick zu Roland: »Hey, Daddy, was hältst du von dem T-Shirt?«

Seither machten sie sich einen Spaß daraus, wenn sie einkaufen gingen, und die Verkäufer schauten immer dumm aus der Wäsche, wenn sie Vater und Sohn spielten. Das Ganze fing als Spaß an und endete im Bett in der Weise, dass der eine »Daddy« sagte und der andere »Sohn«.

Im August zog Patrick nach Aalen. Er hatte dort einen Studienplatz bekommen. Patrick und Roland sahen sich jetzt nur noch am Wochenende, denn zwischen ihnen lag eine Bahnstrecke von 270 Kilometern.

Irgendwann erzählte Patrick von seinem Studienkollegen Leon.

Immer öfter erzählte Patrick von ihm.

Und schließlich gestand Patrick, dass er mit Leon zusammen war. Er fragte Roland, ob sie trotzdem noch Freunde bleiben konnten.

Roland brachte Patrick zum Bahnhof, nahm ihn in den Arm, und die Tränen liefen ihm übers Gesicht. »Ich werde dich mein Leben lang nicht vergessen.«

Patrick begann zu heulen. »Es tut mir so leid. Ich wollte das alles nicht.«

»Am Ende zählt nur die Zeit, in der wir glücklich waren«, sagte Roland.

Er ging nach Hause, holte eine Schallplatte aus dem Regal, legte sie auf den Plattenspieler, setzte die Nadel auf und die ersten Töne erklangen.

Es war der alte Chanson von Édith Piaf *Non, je ne regrette rien*. Ich bereue nichts.

Roland warf sich aufs Bett und musste furchtbar heulen!

Die Kartenlegerin

Daniel hat eine Cousine. Sie ist von Beruf Wahrsagerin oder Hellseherin oder Kartenlegerin. So richtig weiß er es nicht.

Diese Cousine ist, genauer gesagt, eine Cousine dritten Grades. Das bedeutet, sie ist die Tochter eines Cousins zweiten Grades. Das wiederum bedeutet, dass die betreffende Person, in diesem Fall Daniel, und die Cousine dritten Grades einen gemeinsamen Ururgroßelternteil haben. Also gerade noch direkte Verwandtschaft.

Eines Tages kommt es Daniel in den Sinn, die Dienstleistungen seiner Cousine in Anspruch zu nehmen. Also ruft er sie an und fragt, ob er sie einmal besuchen darf.

Na klar, meint sie, am Donnerstag hätte sie Zeit von 16 bis 17 Uhr. Um 17 Uhr käme dann wieder der nächste Kunde.

Daniel schaut im Internet nach, was sie im Einzelnen alles anbietet. Er wird mit Begriffen bombardiert wie: Tarot- und Orakelkarten, Kartenlegen, aus dem Kaffeesatz lesen, Magie der Erde, Astro-, Food-, Pendel- und Edelsteintherapie. Vom Lesen aus einer Kristallkugel hat er allerdings nichts gefunden.

Dafür aber: Zana – Hellsichtige Schamanin und Medium, hellhörend, Lichtmedium, Beziehungs- und Seelenverbindung, Coaching und Psychologische Beratung, Lenormand- und Engelkarten sowie

Energiearbeit, auch Karma-Auflösungen, Blocka-denlösung, Tierkommunikation, Seelenexpertin, Feng-Shui, spirituelle Lebensberatung, Aura- und Charakterreinigung – hier muss er zweimal schau-en, nein, das heißt richtig *Chakren*-Reinigung –, und schließlich das Angebot, zu helfen, Licht ins Dunkel zu bringen und das Glück in der Liebe zu finden.

Daniel ist erschlagen von diesen Angeboten.

»Ach je, was es nicht alles gibt«, denkt er sich. »Ob sie auch die Lottozahlen voraussagen kann? Oder ob ich die Wiederholung meiner Führer-scheinprüfung bestehe? Da bin ich aber gespannt auf diese außergewöhnliche Frau.«

Er stellt sich eine Hexe vor mit einer Warze auf der Nase, roten Haaren, Muttermalen, dazu eine schwarze Katze auf dem Buckel, und der Besen steht in der Ecke.

Am Donnerstag, pünktlich um 16 Uhr, klingelt Daniel an der Tür von Zana. Ein bisschen hat er Muffensausen. Weshalb, weiß er nicht, aber ir-gendwie hat er kein gutes Gefühl.

Zana öffnet die Tür und macht auf den ersten Blick einen ganz sympathischen, netten Eindruck. Immerhin hat sie keine Warze auf der Nase und auch keine Katze auf der Schulter.

»Komm rein«, sagt sie und nimmt Daniel in den Arm. »Darf ich dir einen Kaffee anbieten?«

»Ja, gerne«, sagt Daniel und überlegt, ob der Kaf-feesatz vielleicht später Verwendung finden würde.

Nachdem Zana den Kaffee gebracht hat, fragt sie

Daniel, was ihn herführt, was er sich wünscht und was er von diesem heutigen Termin erwartet.

Daniel fragt frei heraus: »Legst du mir die Karten?«

»Na klar«, antwortet sie, »das ist ja meine Berufung. Komm, wir gehen ins Büro.«

Es gibt also einen extra Raum, wo sie die Kunden empfängt. Auch hier ist nirgends der Besen oder eine Katze zu sehen.

Als Erstes soll Daniel die Karten mischen. Also mischt Daniel die Karten. Nun setzt Zana verschiedene Häufchen und mischt die Karten noch einmal durch. Dann darf Daniel eine Karte ziehen.

Er zieht das schwarze Kreuz-Ass. Diese Karte soll Daniel darstellen.

Jetzt werden die Karten neu gemischt, auf dem Tisch ausgebreitet und in exakte Reihen gelegt.

Neben der Kreuz-Ass-Karte liegt eine schwarze Kreuz-Dame.

Zana sagt: »Daniel, du wirst eine Frau kennen und lieben lernen. Sie hat schwarzes wallendes Haar, eine gute Figur und kann sehr gut tanzen.«

Daniel hört gespannt zu.

Zana sagt weiter: »Die Karten versprechen die besten Optionen. Diese sind fantastisch. Daniel, in der Schule hast du immer fleißig gelernt und wurdest mit einer tollen Ausbildungsstelle belohnt. Aber, Daniel, das große Glück steht dir noch bevor. Du wirst einen fürstlichen Geldgewinn machen und all deine Träume verwirklichen können. Reisen, Urlaub, Gesundheit bis ins hohe Alter. Am entscheidenden Punkt deines Lebens wird dir diese schwarzhaarige, rassige Frau über den Weg laufen und deinen drei Kindern das Leben schenken.«

Daniel muss die Karten aufs Neue mischen, es geht nun um sein Glück.

Der Aszendent liegt eindeutig in Richtung Rote-Herz-Dame. Der Deszendent beschreibt Begegnungen, aus denen dann vielleicht eine Beziehung werden könnte.

Daniel hat wohl auf jeden Fall Glück in jeglicher Art und Weise. Obwohl, Glück und Unglück liegen oft so nahe beieinander. Aber das möchte er jetzt nicht vertiefen.

Zana wünscht, dass er die Karten nochmals neu mischt.

Bisher habe er nur positive Karten gezogen, für Gegenwart und Zukunft. Glauben und Vertrauen sind im Einklang.

Es geht nun um die Karriere, dann das Haus, dann Hoffnung, Heirat, Kinder, Beruf, Hobby und so weiter.

Da fällt es Daniel ein, dass er heute Abend Fahrschule hat. Die darf er nicht verpassen. Sonst sähe es mit diesem Glück weniger gut aus.

Also unterbricht er Zanas ausufernde Erklärungen. »Du, Zana, es tut mir leid. Aber ich habe Fahrstunde und muss dringend zum Bus gehen.«

»Was? Jetzt, wo es spannend wird?«, sagt sie. »Ich wollte noch aus dem Kaffeesatz lesen und das Pendel schwingen lassen.«

Doch Daniel beendet die Sitzung, sie verabschieden sich mit einer Umarmung und er verlässt das Haus.

Als er zum Bus läuft, geht ihm so manches durch den Kopf. Das Positive ist, er hat nichts bezahlen müssen. Normalerweise kostet das 150 Euro. Aber für ihn als Verwandten hat sie es kostenlos gemacht.

Das Negative ist, über das Wichtigste, das sein Leben betrifft, hat Zana keine Ahnung gehabt.

Denn Daniel ist schwul, liebt Andreas, und der ist blond.

Zwei Gramm Speed

Jonny ist ein kleiner Dealer. Wenn er aus dem Haus geht, schaut er zuerst nach links und dann nach rechts, falls die Bullen in der Nähe wären.

Und immer wieder sitzt ihm die Angst im Nacken. Sie dürfen ihn nicht erwischen. Sonst hätte er ein Riesenproblem. Er käme in den Knast, für lange Zeit. Denn in den letzten Jahren hat er schon einige Brüche durchgezogen, um an Geld zu kommen, und steht momentan noch unter Bewährungsüberwachung.

Er geht zum Kiosk, um sich eine Schachtel Zigaretten zu kaufen. Er redet mit der Verkäuferin keinen Ton, sondern deutet nur mit dem Finger auf seine Zigarettenmarke. Sie weiß dann Bescheid.

Er hat die Ohrstöpsel seines Walkmans eingesetzt und wippt im Takt zur Musik. Jonny hört am liebsten Hard Rock.

Er zahlt, steckt die Zigaretten ein und geht weiter. Er setzt sich auf eine Bank im Park und holt eine Kippe heraus. Dann raucht er ganz genüsslich und beobachtet die spielenden Kinder. Er sollte sich mal wieder einen Schuss setzen. Er fühlt die schmerzliche Sehnsucht in sich, er braucht einen Freudenrausch, um zu neuen Ufern aufzubrechen. Endlich raus aus dieser Stadt. Raus aus diesem Körper, raus aus diesem Elend.

Jetzt ist der Moment da und er würde sich am liebsten auflösen. Er braucht einen Höhenflug, so bald wie möglich. Er hat keine innere Ruhe mehr, ihm fehlt die Geduld, er könnte platzen.

Eine Frau sitzt auf der Nebenbank und liest ein Buch. Einige Kids toben und wirbeln um ihn herum.

Jonny steht auf und geht weiter. Er biegt in die nächste Seitenstraße ein. Hier spielen ein paar ältere Jugendliche Basketball. Er bleibt einige Minuten stehen und schaut ihnen zu.

Er sollte dringend einen Joint rauchen, geht es ihm durch den Kopf.

Dann betritt er ein Mietshaus und läuft drei Stockwerke hoch. Er klopft an der Tür.

»Andy, ich bin's, mach auf«, ruft er.

Es dauert, bis Andy öffnet, auch er ist vorsichtig, hat Angst vor den Bullen und muss sich erst sicher sein, wer vor der Tür steht. Er lebt in einer Ein-Zimmer-Bude, und hier drinnen sieht es verheerend aus.

Man riecht die Süße von Räucherstäbchen und das Nikotin der Zigaretten.

Jonny sagt: »Du solltest mal wieder aufräumen.« Er holt sich eine Zigarette aus dem Päckchen und zündet sie an.

Andy bietet Jonny einen Joint an, und er nimmt einen tiefen Zug. Herrlich. Das Zeug steigt ihm sofort in den Kopf. Die beiden quatschen über alles Mögliche, doch in erster Linie geht es um Musik. Sie hören *Led Zeppelin* und genießen den Sound.

Dann holt Jonny zwei Briefchen aus der Hosentasche mit weißem Pulver. Er wirft sie aufs Bett.

Andy nimmt die Briefchen in die Hand und schaut sie genau an. Jedes enthält ein Gramm.

Jonny sagt: »Guter Stoff.«

Andy greift in die Tasche und gibt Jonny einhundert Euro. Der steckt sich schnell das Geld ein.

Nachdem der Deal abgeschlossen ist, möchte Jonny schnellstmöglich verschwinden. Aber das wäre sehr unhöflich, also bleibt er noch ein bisschen.

Andy zieht unter dem Bett eine alte Blechdose hervor und fragt Jonny: »Hast du Lust auf einen kleinen Schuss?«

»Ja, weshalb nicht? Wir können uns einen teilen.«

Andy holt einen Löffel und zieht zwei Spritzen auf. Er holt dazu einen Wattebausch und ein Fläschchen mit sterilem Wasser. All das zaubert er aus irgendwelchen Schränkchen und Schubladen heraus.

Er nimmt den Gürtel, und Jonny schlingt ihn um den Unterarm. Jonny nimmt eine Buddha-Figur von Andys Nachttisch und stemmt sie empor, als wäre sie eine Hantel. Nun treten die Venen in der Armbeuge hervor.

Andy holt das weiße Pulver aus der Blechdose und fragt: »Wie viel möchtest du?«

Jonny überlegt: »Ein Gramm oder ein halbes Gramm?«

Andy nickt und bereitet die Mischung vor. Es ist Speed, kein Heroin. Andy legt sich den Arm von Jonny zurecht und sucht nach der Vene. Er sticht mit der Nadel durch die Haut.

Jonny verzieht keine Miene. Ein paar Blutstropfen dringen in die Spritze ein.

Anschließend lösen sie den Gürtel. Andy reicht Jonny einen Wattebausch, und Jonny drückt ihn auf die Einstichstelle.

Die gleiche Prozedur machen sie bei Andy.

Nach wenigen Sekunden explodiert der Stoff im Kopf. Jedes Haar steht unter Strom. Jede Zelle im Körper ist kurz vorm Auseinanderspringen. Das Innenleben im Körper tobt. Das Blut pulsiert durch die Adern, man kann spüren, wie es verläuft.

Herrlich dieses Speed. Herrlich dieser Schuss. Ein großartiges Gefühl ist das. Andy stellt die Musik lauter.

Jonny geht ins Badezimmer und schaut seine Augen und sein Gesicht im Spiegel an. Irgendwie wird ihm schwindelig. Er verlässt das Badezimmer und legt sich wieder aufs Bett.

Auch Andy liegt auf dem Bett. Beide schauen zur Decke. Sie genießen den Moment, so dazuliegen und nichts zu tun.

In Gedanken geht Jonny die Einkaufsmeile der Stadt entlang. Er kennt jeden Laden und die Ladenbesitzer, er grüßt und hält ein Schwätzchen mit dem und mit jenem. Der Himmel ist blau, die Sonne scheint. Er spürt, dass seine Pumpe kräftig arbeitet und hart schlägt.

Normalerweise, wenn Jonny auf Speed ist, fickt er gerne. Er möchte seinen und den Körper des Partners spüren. Soll er unter die Dusche gehen? Die Lichter der Farben reflektieren in einer größeren

Intensität. Er möchte tanzen und die ganze Welt umarmen. Aber er bleibt ganz ruhig liegen, um das Gleichgewicht zu finden. Er liegt da und schaut zur Decke.

Wartet auf das absolute Hochgefühl. Vielleicht kommt es noch. Hoffentlich war es nicht so ein billiger Dreck, keine billigen Amphetamine oder mit Ajax versetzt oder sonst irgendein Scheiß mit hineingemischt. Irgendwo haben sie mal gesagt, Speed sei schäbig und heimtückisch. Großartiges High, schreckliches Down. Hoffentlich …

Drei Tage später findet man die beiden tot auf dem Bett. Den starren Blick zur Decke gerichtet.

Gestorben durch eine Überdosis.

Khalid

Es gibt Eltern, die sehr, sehr viel Geld ausgeben für die Ausbildung ihrer Kinder.

Und es gibt in der Schweiz zwischen Zürich und Winterthur eine der teuersten Schulen der Welt; es ist die Internatsschule Institut Le Rosey.

Diese ist aufgebaut wie eine kleine Stadt. Im Zentrum steht das Hauptgebäude, drumherum befinden sich die Schulsäle, der Speisesaal, die Unterkünfte der Schüler und die Sporthallen und Sportplätze. Es kostet 74.478 Euro im Jahr, hier sein Kind unterzubringen. Die Elite ist hier völlig unter sich.

Das ist die Geschichte von Fabio. Dem Sohn eines italienischen Botschafters, dessen Familie im Botschaftsviertel von Berlin lebte.

Fabio saß im Hörsaal beim Französischunterricht. Hauptsächlich konzentrierte man sich in dieser Schule auf die drei Sprachen Englisch, Deutsch und Französisch. Wenn aber jemand Latein, Chinesisch, oder Indisch lernen mochte, ging das natürlich auch. Mit Privatlehrern war alles möglich. Alles eine Frage des Geldes.

Plötzlich öffnete sich die Tür, und ein schwarzer Lockenkopf streckte die Nase herein. Sein Haar war noch tropfnass vom Regen.

Der Lehrer, Herr Coullins, schaute hoch und sagte: »Good morning, come in. You might be Khalid, aren't you?«

Der Lehrer zeigte dem Neuen seinen Platz neben Fabio.

Nun hatte er sichtlich die erste Hürde geschafft, schon sagte der Lehrer zu ihm, er solle sich bitte der Klasse vorstellen.

Der Neue stand wieder auf und sagte: »My name is Khalid. I come from the United Arab Emirates.«

Fabio warf seinem Platznachbarn einen fragenden Blick zu und zuckte mit den Augenbrauen.

Während der folgenden Tage kamen sich die beiden näher. Sie lernten zusammen und machten Sport. Fabio merkte bald, dass Khalid ein weiser, intelligenter und herzensguter Mensch war, und er verliebte sich in ihn.

Aber ihm war bewusst, welch ein Hohn seine geheimen Gedanken waren, denn den Umgang mit arabischen Jungs konnte er vergessen.

Er dachte voller Ironie: »Da schreit es ja von Mekka her, dass wir die ungläubigen, ungebührlichen, verruchten und verdorbenen Menschen sind.«

Fabio und Khalid hatten trotzdem den Mut, den Schuldirektor zu fragen, ob sie ein Zimmer zusammen bekommen konnten. Denn im Internat gab es nur Zweibettzimmer, und so konnten sie besser zusammen lernen.

Der Schuldirektor hatte nichts dagegen. Im Gegenteil, wenn sich zwei Studenten gut verstanden, war er der Letzte, der das unterbinden würde.

Also zogen die beiden in ein Zimmer.

Einmal fragte Fabio seinen neuen Freund: »Was

arbeiten eigentlich deine Eltern? Die Schule hier ist ja nicht gerade billig?«

Da sagte Khalid, sein Vater hätte etwas Geld gemacht mit Öl, aber sehr reich seien sie nicht, es seien drei Familien, die das Geld zusammenlegten, damit er diese Schule besuchen konnte.

Eines Samstags fand ein Schulfest statt. Khalid hatte etwas zu viel über den Durst getrunken, und Fabio brachte ihn aufs Zimmer. Er zog ihn aus, legte ihn ins Bett und legte sich zu ihm, damit er ihn während der Nacht etwas unter Kontrolle hatte, falls er eine Alkoholvergiftung gehabt hätte. Khalid trank normalerweise keinen Tropfen Alkohol. Deshalb warfen ihn ein paar Bier und etwas Hochprozentiges schon ziemlich aus der Bahn.

Um 4 Uhr wachte Fabio auf und hatte einen Steifen. Danach nahm die Geschichte ihren Lauf. Man kann es nicht in Worte fassen, was in dieser Nacht abging. Letztlich krachte der Bettrost, und das Bett fiel auseinander.

Ein Sprichwort sagt: Guter Sex ist, wenn auch die Nachbarn danach eine Zigarette rauchen.

Irgendwann flogen Khalid und Fabio für drei Tage in die United Arab Emirates.

Sie waren im Hotel Continental in Dubai untergebracht. Das Taxi glitt über einen zwölf Kilometer langen Meeresarm dahin, dann in Richtung der Skyline mit den noblen Bürotürmen und den exklusiven Geschäften in den Eingangsbereichen. Elegante Wagen flitzten über den Highway.

Als sie im Hotel Continental ankamen, sahen sie einen prächtigen Park mit exotischen Bäumen und rosafarbenen Bougainvillea-Büschen. Im Park liefen Pfaue herum und schlugen ihr Rad. Es gab kleine Springbrunnen und eine Fontäne im großen See. Es war wie im Wunderland. Inmitten Wüste und Sand entstand wie eine Fata Morgana ein Paradies. Mit einem Mal ragte im Hintergrund majestätisch das Hotel Jebel Ali auf.

Sie checkten in ihr Zimmer ein und rissen sich zuerst die Kleider vom Leib. Danach fuhr Khalid zu seinen Eltern, die in Al Waha wohnten.

Als sie sich vorm Abendessen wieder trafen, erklärte Khalid: »Im Hotel und in der Lobby laufen alle in schneeweißen Kandoras herum. Das ist die Kleidung des Wüstenarabers.«

Fabio war froh, dass Khalid in Hemd und Jeans rumrannte und nicht in einer Kandora.

Im Speisesaal des Hotels speisten sie wie die Fürsten. Khalid meinte, Fabio solle unbedingt einmal von allem etwas probieren.

So verbrachten sie drei wunderschöne Tage.

Fabio ließ seine Gedanken in die Ferne schweifen und überlegte, was wohl nach ihrer schönen gemeinsamen Internatszeit geschehen würde. Sein Vater hatte den Wunsch, dass er eine Lehre in einem privaten Bankhaus beginnen solle, entweder bei Oppermann oder bei Merck Fink & Co. Er wollte Fabio dort reinbringen und war sich sicher, dass er die Leiter des Erfolgs emporklimmen würde, bis hin zum Gesellschafter einer Privatbank.

Als Fabio diesen Vorschlag auch Khalid machte, weil er hoffte, sie seien dann für immer zusammen, sagte Khalid, das ginge nicht. Er wäre nicht der Typ, der in einer Millionenmetropole wie Berlin leben wolle; und wenn es mit der Bank nicht klappen würde, solle er dann eine Edel-Boutique aufmachen oder eine Filiale von Sprüngli und Schokolade verkaufen?

»Nein«, meinte Khalid, »sei mir bitte nicht böse, aber das kann ich nicht. Schau dir hier die Landschaft an. Es ist wie in *Tausendundeiner Nacht.* Ich möchte hier nicht weg.«

Unglücklich ging Fabio auf den Balkon. Mit Tränen in den Augen flehte er den Himmel an. Die Nacht war klar und wolkenlos. Und zum Verzweifeln stumm. Nur die Pfaue hörte man.

Er stützte die Hände auf die Brüstung und schaute hypnotisiert in Richtung Al Waha. *War's das jetzt? Ist es aus für unsere Liebe?*, dachte er.

Ohne dass sie sich nochmals darüber unterhielten, flogen sie zurück ins Internat.

Die Zeit verging wie im Flug und die Internatszeit neigte sich dem Ende zu.

In jeder Minute, in der sie sich das Leben schwerer machten, als es ohnehin schon war, verloren sie an Kraft. Doch Kraft bedeutet Leben, und das bedeutet Energie. Keine Energie mehr zu haben, bedeutet, nicht mehr zu leben. Nicht mehr zu leben, heißt sterben.

So kam der Tag des großen Abschieds. Von nun an musste jeder seinen eigenen Weg gehen.

Khalid flog in die United Arab Emirates.

Und Fabio nach Berlin, um eine Banklehre anzutreten.

Aber sie hatten sich versprochen, sich regelmäßig zu treffen. Einmal im Monat flog Fabio in die United Arab Emirates. Und einmal im Monat flog Khalid nach Berlin. Sie blieben diese Wochenenden zusammen und verbrachten die Tage und Nächte im Hotelbett.

Als Fabio wieder einmal in die Arabischen Emirate flog, um sich mit Khalid zu treffen, verbrachten sie einen unbeschwerten Nachmittag im Hotelzimmer. Danach ging Khalid ins Bad zum Duschen. In dem Moment klopfte der Zimmerboy und brachte auf einem Wagen das Abendessen. Er fuhr es herein und deckte direkt am Fenster ein.

Khalid rief aus dem Badezimmer: »Du, Fabio, hol aus meiner Geldbörse 10 Euro und gib es ihm als Trinkgeld.«

Fabio machte, wie ihm aufgetragen, holte 10 Euro heraus und reichte sie dem Zimmerboy. Bei dieser Gelegenheit sah er den Ausweis von Khalid und zog ihn heraus. Nun traute er seinen Augen nicht, was er zu lesen bekam.

Prinz Khalid bin Sultan Al Rashid bin Faisal Abdulaziz al Saud.

Fabio ging mit dem Ausweis ins Badezimmer und sagte zu Khalid: »Ich wusste nicht, dass du ein Prinz bist. Warum hast du mir das nie erzählt?«

»Ja«, sagte Khalid, »ich bin als Prinz geboren.

Und wir gehören zu einer der sieben Herrscher-familien der Vereinigten Arabischen Emirate. Nun verstehst du bestimmt, weshalb ich nicht nach Berlin ziehen kann, um eine Banklehre zu machen oder eine Edelboutique zu eröffnen. Ich gehöre hierher in dieses Land. Ich lebe in einem Palast mit siebzig Angestellten. Ich werde eines Tages heiraten, erst eine Frau, dann eine zweite Frau und ich werde einen Harem besitzen.«

Er nahm Fabios Hand und sagte weiter: »Aber meine große Liebe wirst du sein, ein Leben lang. Du bist derjenige, den ich liebe. Du verstehst hoffentlich, dass ich all das nicht aufgeben kann. Wenn ich meinen Eltern sage, dass ich schwul bin, verliere ich alles. Meinen Titel, meinen Palast, mein Vermögen. Wir haben nun zwei Möglichkeiten: Entweder du bekommst hier eine Suite, die ich dir kaufe, oder du fliegst hierher, wann immer du möchtest.«

Fabio wollte keine Suite, denn er liebte die freie Stadt Berlin, wo man leben konnte, wie man mochte mit allen Freiheiten. Er konnte nicht hierher, wo alle verschleiert waren und hinter verdunkelten Fensterscheiben anonym und versteckt lebten. Er brauchte sich nicht gleich zu entscheiden, aber vorerst wollte er einmal monatlich hierher fliegen.

Im nächsten Monat lief es genauso ab, wie es Khalid versprochen hatte. Die Privatmaschine der Familie bin Sultan Al Rashid bin Faisal Abdulaziz al Saud landete auf dem Flughafen in Berlin, das Familienwappen und das Bildnis des Vaters von

Khalid war am Höhenleitwerk 8, Höhenflosse 9 des Flugzeugs angebracht. Es war eine Cessna Longitude, und das Flugpersonal rollte den roten Teppich aus. Fabio ging an Bord mit einem schwarzen Aktenkoffer. Offiziell befanden sich darin Schmuck und Uhren im Millionenwert sowie Brillant-Uhren, wie Rolex oder Cartier, die den Besitzer wechseln sollten.

Er kam ja aus einem Bankhaus und brachte Schmuck in Millionenhöhe nach Dubai. Ein legales Geschäft. In Wirklichkeit jedoch waren im Koffer Kleidungsstücke, wie Badeutensilien und ein frisches Hemd zum Wechseln. So flog Fabio in die Arabischen Emirate in einem Flugzeug mit 12 Sitzen, von denen nur einer mit ihm als Gast besetzt war. Zwei Piloten steuerten das Flugzeug und drei Flugbegleiterinnen sorgten für das leibliche Wohl. Es wurde auch Champagner gereicht und Beluga-Kaviar.

Als das Flugzeug in Dubai landete, stand ein Wagen bereit, der Fabio mit seinem »wertvollen« Koffer zum Hotel Continental bringen sollte. Das war aus Sicherheitsgründen jedes Mal ein anderes Fahrzeug, entweder ein Bentley, ein Rolls Royce oder ein Cadillac. Nie musste Fabian im Hotel einen Ausweis vorzeigen oder durch eine Passkontrolle. Als persönlicher Gast der Familie bin Sultan Al Rashid bin Faisal Abdulaziz al Saud.

Der Chauffeur hieß Ibrahim und war ein sympathischer, netter Mann. Obwohl er nicht sprechen durfte, sah man ihm das an. Auf dem Beifahrersitz saß ein bewaffneter Polizist aus der Leibgarde des Prinzen. Begleitet wurden sie von vier Motorrädern. An jeder Seite des Wagens fuhr ein Motorrad. Schließlich war der Inhalt des schwarzen Aktenkoffers Millionen wert. Im Continental angekommen, wurde er als Gast der hochrangigen Familie in die Präsidenten-Suite geführt.

Khalid kam mit dem Wagen und fuhr direkt in die Tiefgarage. So konnten sie sich treffen und zwei Tage miteinander verbringen. Die Präsidenten-Suite war für ein Jahr im Voraus bezahlt, und Fabio konnte kommen und gehen, wann immer er Lust und Laune hatte. Der Dienstwagen und der Privatjet standen für ihn jederzeit bereit.

Fabio hatte Khalid einmal gefragt, wie viele Autos sie eigentlich besäßen. Khalid sagte, das wisse er nicht. Aber es würden schon einige sein. Im Moment hätte sein Vater fünf neue Mercedes aus Deutschland bestellt, damit ein Staatsbesuch aus Deutschland mit einer dementsprechenden Limousine abgeholt werden könne.

Drei Jahre später heiratete Prinz Khalid bin Sultan Al Rashid bin Faisal Abdulaziz al Saud. Die Hochzeit wurde im Fernsehen übertragen und Fabio schaute es sich in voller Länge an. Khalid war mit einer schneeweißen Kandora gekleidet und hatte seine Frau an seiner Seite. Komplett verhüllt in einem betörenden perlenbestickten Brautkleid, das Gesicht von einem Schleier verdeckt, damit niemand die Schönheit dieser Frau sehen konnte.

Es war ein berauschendes Fest, das drei Tage dauerte. Inmitten einer märchenhaften Kulisse mit atemberaubender Aussicht über den Park hinweg auf den weißen Strand und das blaue Meer. Wenn Geld keine Rolle spielt, kann man feiern ohne Ende. Aristokraten aus der ganzen Welt waren bei der Trauung anwesend. Auch Prinz Charles und Camilla.

Die Hochzeit wurde gefeiert im »One&Only Royal Mirage«, einem Luxushotel, das eine imposante arabische Architektur bietet.

Die Stühle der 500 geladenen Gäste waren auf der Park-Esplanade aufgestellt, inmitten eines einmaligen Ambientes, bestehend aus einem fantastischen Wasserspiel und Tausenden von Kerzen.

Nach der Trauung ging es in den Burj Khalifa mit dem höchstgelegenen Restaurant der Welt. Die Gäste saßen an runden Tischen, die alle in Weiß geschmückt und dekoriert waren. Zweihundert Köche kochten, um den Gästen das Beste vom Besten zu bieten. Jede Suite des zugehörigen Hotels war reserviert für das Prinzenpaar und seine Gäste.

Als Fabio das alles im Fernsehen sah, hatte er doch eine Träne in den Augen. »Wäre ich nun eine Frau, würde er mich heiraten!«, dachte er. »Was ist aus dem Jungen geworden, der einst den Kopf in den Hörsaal hereingestreckt hat?«

Schon nach vierzehn Tagen flog Fabio wieder nach Dubai und traf dort Khalid. Sie verbrachten eine heiße Nacht, und Khalid schwor ihm: »Es gibt nur eine einzige Liebe für mich, und das bist DU!«

Hahn und Henne

Früher lebte auf dem Hof vom Zwetschge-Karle auch eine Hühnerherde inklusive eines stolzen Hofgockels. Der hatte die Angewohnheit, ziemlich anzugeben.

So lief er oft zwischen den Hennen umher und krähte: »Ich bin ein Schwan, ich bin ein Schwan!«

Eine alte Henne entgegnete ihm: »Mann, red bloß koin Scheiß ond gib net so oah, du bisch bloß en uffgeblosener, eingebildeter Dorftrottel – äh, Dorfgockel. Eneme kloine Dorf. Und sonscht bisch du gar nix.«

Der Hahn hingegen ließ sich nicht beirren und rief: »Ich bin ein Schwan, ich bin ein Schwan!«

Die Henne gab ihm wieder Kontra.

Endlich schnappte sich der Hahn die Henne, bestieg sie fix und besorgte es ihr ordentlich.

Als er fertig war, stieg er ab, die Henne schüttelte sich und meinte: »Booaaah, mein lieber Schwan!«

Derselbe Gockler stöberte so manches Mal auch auf fremden Misthaufen herum.

So war er des Öfteren auf dem Nachbarhof bei Schalkenbergs Emilie. Bei einem solchen Ausflug kullerte ihm ein leeres Straußenei vor die Füße.

Er bestaunte dieses Prachtexemplar, schnappte es sich und schleppte es in seinen Hühnerstall.

»So, Mädels, i will jo net meckere, aber do gugget amool, was de Konkurrenz für Eier legt.«

Danke

In einem Leben erlebt man vieles. Manche Ereignisse bleiben in Erinnerung, andere vergisst man. Schade, dass ich erst im Alter von 60 Jahren angefangen habe, Geschichten aufzuschreiben. Es gäbe vermutlich noch manch andere Anekdoten, an die ich vielleicht erst viel später wieder denken werde.

Danken möchte ich meinem Ehemann und Lebensgefährten Dr. Götz Walter, der immer für mich da ist. Ob in guten oder schlechten Zeiten, er steht mir mit Rat und Tat zur Seite.

Danke sagen möchte ich auch drei Freunden. die seit jeher an meiner Seite sind: Thomas, Jörg und Bernd.

Danke an meine beiden Schwestern Heidi und Birgit, wir drei haben immer zusammengehalten.

Danke an meine Eltern Edmund und Brunhilde, die leider nicht mehr unter uns sind. Bessere Eltern hätte ich mir nicht wünschen können. Sie waren immer für mich da, und ich lebte wie im Schlaraffenland.

Hunderte von Menschen sind mir im Laufe meines ereignisreichen Lebens lieb und wichtig gewesen, aber nur wenige von ihnen konnten in dieses Buch Eingang finden. Den anderen möchte ich versichern, dass ich sie nicht vergessen habe und dass sie ihren Platz in meinem Gedächtnis und Herzen behalten werden, bis zu dem Tag, an dem ich sterben werde.

Gerd Kaucher